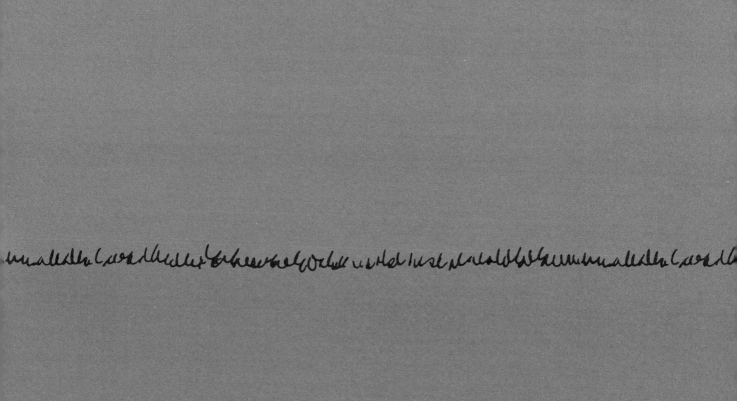

THE COMPLETE
PEANUTS

피너츠
-완전판-

1959 ~ 1960

찰스 M. 슐츠 지음 | 신소희 옮김

"우린 미래가 두려워!"

북스토리

찰스 M. 슐츠
(1950년경 모습)

서문 · 우피 골드버그

2005년 7월, 『피너츠 완전판』의 편집자 개리 그로스는 배우 우피 골드버그와 『피너츠』에 관해 대화를 나누었다. 이어지는 글은 그 대화 내용의 편집본이다.

소녀 시절에(as a girl) 『피너츠』를 읽으셨나요?

난 모든 책을 소녀로서as a girl 읽었답니다. 그래야만 했지요. 남자였던 적은 없으니까요! 아니, 사실 『피너츠』는 평생 동안 읽어왔죠. 내가 『피너츠』를 읽게 된 건 우리 엄마 덕분이었어요. 우리가 함께 나눈 최고의 경험 중 하나였답니다. 그리고 물론, 내가 어린 시절 방영되기 시작했던 TV판 만화영화들도 있죠. 그 만화영화들 덕에 『피너츠』가 더욱더 유명해졌고, 내가 지금까지도 〈찰리 브라운의 크리스마스〉에 나왔던 스누피의 춤을 따라 할 수 있는 거지요.

난 토크쇼를 진행한 적이 있는데, 그러면서 기쁘게도 찰스 슐츠를 인터뷰하는 특권을 누릴 수 있었죠. 찰스 슐츠에게 내 가슴도 까 보였고요. 왜냐면 내 가슴에 28년 전 새긴 우드스톡 문신이 있거든요. 슐츠는 자기가 그 문신에 채색을 해주었으면 하느냐고 내게 물어보더군요. 이봐요, 찰스 슐츠가 "당신 문신에 채색을 해드릴까요?"라고 묻는다면 당연히 네, 라고 대답해야지요.

그가 정말로 그렇게 했나요?

그건 비밀이에요!

왜 우드스톡이었죠?

　　왜냐면 그 새에겐 뭔가 정말 놀라운 구석이 있었거든요. 세상 대부분의 일에 신경 쓰지 않고 그저 느긋하게 지내잖아요. 우드스톡은 스누피와 좋은 친구 사이죠. 그 녀석의 지저귐을 내 몸에 가지고 다닐 수 있다면 근사할 거라고 생각했어요. 말풍선 안에 찍찍 그어진 그 짧은 줄들 말이죠. 그것까지 문신으로 새기진 않았지만, 내 우드스톡 문신을 볼 때면 그 녀석이 스누피에게 얘기하듯 나에게 얘길 하고 있다고 생각한답니다. 바보 같은 생각인지도 모르지만, 그러면 아주 기분이 좋아지거든요. 하여간 나에게 슐츠는 언젠간 꼭 만나보고 싶었던 사람이었답니다. 바로 그게 토크쇼를 진행하기로 결정했던 중요한 이유 중 하나였죠. 내가 숭배하는 사람들을 만나볼 수 있다는 것. 난 『피너츠』를 정말 좋아했고, 슐츠는 아주 복잡하면서도 점잖은 사람이었어요.

찰스 슐츠의 복잡함이란 어떤 것인가요?

　　저 슐츠라는 사람에겐 뭔가 있다고 내가 믿게 된 건, 찰리 브라운의 캐릭터가 유례없이 새로웠다는 점 때문이었죠. 우리에겐 『메리 워스』가 있었고 앨 카프의 『릴 애브너』도 있었지만, 난 『피너츠』 이전에는 그 어떤 코믹 스트립에서도 현실감을 느끼진 못했어요. 난 항상 찰리 브라운과 그 친구들을 실제로 아는 것처럼 느꼈고 그 애들을 이해할 수 있었어요. 다른 어떤 코믹 스트립도 그런 느낌은 주지 못했죠.

이 만화를 읽으며 자라난 데다 그 작가가 우울증에 시달렸다는 얘기도 종종 듣게 되니, '이 사람을 꼭 만나봐야겠다'라는 생각이 들더라고요. 나는 사람들이 그런 내면의 문제들을 어떻게 해결하는지 알고 싶거든요. 그랬기 때문에, 찰스 슐츠와 나란히 앉아 얘기를 나눌 기회를 — 카메라 앞은 물론 카메라 뒤에서도 — 가질 수 있었던 건 아주 놀라운 경험이었어요.

슐츠의 인상이 어땠는지 말해주실 수 있을까요? 두 분이 무슨 이야기를 나누었는지도.

　　우리가 무슨 이야기를 했는지는 말하지 않을래요. 하지만 그에게 시간이 좀 더 있었더라면 얼마나 좋았을까 하고 간절히 바랐다는 건 확실히 말해줄 수 있지요. 슐츠와 좀 더 많은 시간을 함께 보낼 수 있었다면 정말 좋았을 테니까요. 그냥 얘기만이라도 나눌 수 있었다면 말이에요.

내가 보기에 슐츠는 정말, 정말로 대단한 사람이었어요. 하지만 자신이 왜 대단한 사람인지는 전혀 몰랐죠. 그래서 불안해했고요. 왠지 모르겠지만 슐츠는 그에게 쏟아진 격찬이 자신의 것이 아니라고 생각했어요. 자신에게 그런 칭찬을 받을…… 가치가 없다고 생각했죠. 게다가 내 생각엔 딱히 이 세상에 유대감을 느끼지 못했던 것 같아요. 슐츠는 자신에게 쏟아진 모든 찬사를 감사히 여겼고 아주 소중히 했지만, 그러면서도 항상 그것들에 살짝 어리둥절해 하는 것처럼 보였어요.

실제의 슐츠는 당신이 예상한 그대로였나요?

그는 생각보다 훨씬 더 사교적이었고 훨씬 더 부유했어요. 하지만 한편으로 아주 사나운 사람이기도 했지요. 난 그 점도 좋았지만요. 바로 그 점 때문에 그가 뛰어난 예술가가 될 수 있었던 거니까요. 슐츠에게는 격렬한 분노가 있었고, 그것을 그에게 적절한 방식으로 표출했다고 생각합니다. 아주아주 영리하게, 아주아주 조심스럽게. 우스꽝스럽게, 하지만 깔깔대며 폭소하는 게 아니라 슬며시 재치 있게요. 슐츠가 자신이 싫어하는 것에 대해 얘기할 때면 난 낄낄대면서도 이렇게 생각하곤 했지요. '이런! 내가 저 말의 희생자가 아니라서 다행이지 뭐야!'

슐츠가 자신의 분노를 코믹 스트립으로 승화시켰다고 할 수도 있겠군요. 당신은 분노를 좀 더 직설적으로 대담하게 표출하는 반면에 말이죠.

흠, 그게 내가 연극에서 배운 방식이니까요. 무대에 서서 눈앞에 관객을 두게 되면 뭐랄까, 그럴 수밖에…… 생각해봐요. 1983년이었다고요. 그러니 내가 당시에 했던 종류의 연기들, 소위 '행위예술'에선 그런 방식이 허용되었죠. 당신이었다 해도 당시에 내가 했던 만큼 그런 방식을 잘 소화해내진 못했을걸요. 지금은 내 방식도 달라졌죠. 좀 더 점잖아졌답니다. 나이를 먹으면 이렇게 말하게 되는 법이죠. '이젠 조금 다르게 해봐야겠어. 나도 지쳤거든.' 나도 그림을 그릴 수 있었으면 좋았겠다는 생각도 들어요. 입으로 말하지 않고서도 나 자신을

반영하는 엄청나게 많은 것들을 표현하고 드러낼 수 있으니까요. 하지만 코미디언이라는 내 방식은 실제로 상대에게 말을 해야만 하지요. 어떻게 하면 상대가 내 말에 귀를 기울일까요? 가끔은 아주 거친 분위기로 사나운 캐릭터를 소화할 수도 있답니다. 가끔은 〈사랑의 유람선(크루즈 여객선을 배경으로 한 1970∼80년대 미국의 인기 텔레비전 연속극 ─ 옮긴이)〉에 타는 게 일생의 꿈인 여섯 살짜리 아이가 될 수도 있고요. 내가 어떤 인물이 되어야 상대에게 전하고 싶은 정보를 전달할 수 있을 것인지가 중요하죠. 난 『피너츠』연극 버전도 좋아했어요. 언젠간 스누피 역을 맡겠다고 생각했죠. 하지만 결국 그렇게 되진 못했네요.

두 분 경력의 공통점과 차이점을 한번 살펴보았는데요. 제 생각에 한 가지 흥미로운 공통점은 두 분 다 험난한 학창 시절을 보냈다는 거예요. 스파키는 고등학교 시절 고민이 많았죠. 소위 '계집애' 취급을 당하는 걸 괴로워했어요. 당신은 고등학교에 입학한 지 2주 만에 자퇴했고, 독서 장애 진단을 받았다고 들었습니다. 학교에 계속 다녔더라도 그 증세 때문에 고생을 했겠죠.

내가 고등학교에 다닌 건 한 일주일뿐이었어요. 하지만 그건 엄청나게 내 정신을 위축시키는 경험이었어요. 내가 알아야 할 것들을 전부 알기는 했지만, 그것들을 꽉 짜인 체계 안에서 구체적으로 종이에 적힌 내용과 연결시킬 방법을 도무지 알 수 없었어요. 체계가 허용하는 범위 안에 있지 못하면 살아가기가 힘들어지게 마련이죠. 그리고

그 나이에, 어린 시절에 이미 예술가인 사람이라면 분명 — 아시다시피, 예술가가 된다는 것은 풋볼 경기와는 다르죠. 그래서 이 작품에 나오는 풋볼과 연 날리기가 대단하다는 겁니다. 그것들은 주인공이 도무지 못 해내는 것들이죠! 무슨 짓을 해봐도, 아무리 애써도, 아무리 자기 뜻을 굽히고 남들 말을 따르더라도 성공하지 못한단 말이죠. 바로 그런 게 내게는『피너츠』의 중심 상징입니다. 살아가다 보면 이렇게 말할 수밖에 없다는 거죠. '있잖아, 이게 내가 할 수 있는 최선이야. 난 페퍼민트 패티와 친구가 될 수도 있고, 세상에서 가장 멋진 개를 키울 수도 있어. 달과 별을 바라보며 거창한 의문들을 던져볼 수도 있어. 하지만 연은 못 날려. 풋볼 공도 못 차고.'

그러니까 당신은 실패에 대한 그의 견해, 다시 말해서 실패할지라도 바로 자신을 추슬러 재도전한다는 것에 동조했단 말이죠?

음, 실패란 단지 당신이 하고 있는 일에 대한 다른 사람의 생각일 뿐이죠. 누가 실패라고 말하지 않는 이상 그건 실패가 아닌 겁니다. 애초에 뭔가를 올바른 방식으로 하지 않는다면 제대로 안 되는 게 당연하죠! 다시, 또다시, 될 때까지 해본 다음에야 성공하는 겁니다. 그러고 나서 다른 무언가로 넘어가는 거죠. 하지만 일단 다른 사람들이 전부 나한테 넌 실패했다, 넌 실패자다 하고 얘기하기 시작하면 그 부담은 엄청납니다. 다른 무언가로 넘어가려고만 하게 되죠.

『릴 애브너』하고『메리 워스』얘기를 하셨는데요. 어릴 때 다른 코믹 스트립도 많이 읽으셨나요?

네, 그게 일요일 일과의 일부분이었죠. 일요판 신문의 만화들을 읽는 것. 만화잡지도 좋아했어요. 그림과 채색이 근사했으니까요.『하비 코믹스』에는『핫 스터프』『베이비 휴이』『리틀 도트』가 실렸죠. 휴, 세상에!『리틀 도트』를 못 본 지 천 년은 된 것 같네요.

『피너츠』를 여타 코믹 스트립과 다르게 받아들이기 시작한 건 어느 시점부터였지요?『피너츠』에서는 현실감이 느껴졌다고 말씀하셨는데, 언제부터 그 만화에 다른 코믹 스트립과 달리 실존적 차원이 있다고 인식하셨나요?

성인이 되고 난 이후였던 것 같아요. 신문에서 텔레비전으로 넘어가면서 그 만화에 대한 인식이 달라졌거든요. 당시에는 만화영화라는 게 별로 많지 않습니다. 방학 때면 클레이 애니메이션을 틀어주곤 했었죠. 하지만『피너츠』만화영화에는 슈뢰더가 있었고 스누피도 있었고, 모두가 다 나왔죠. 그리고 그 주제곡도. 아시죠, 〈크리스마스 시즌이 왔네〉. 그 음악 소리. 뚜루루루루루……. 난 지금 이 순간까지도 거기 나왔던 음악들을 들려주면 정확히 무슨 장면인지 말할 수 있답니다. 내 머리에 못 박힌 거죠. 내 의식의 절대적 일부분이 된 거고요. 그리고 물론 1960년대에 찰리 브라운이 엄청 인기를 끌고 이런저런 현명한 말들을 할 때요. 그런 걸 보면 이런 생각이 들곤 했죠. '흠, 그러니까 이건 찰리가 성인으로서 하는 말이구나.' 스누피가 하늘에서 레드 배런과 싸울 때나 마음대로 변신할 때, 우드스톡이 나왔을 때도 그렇고요. 그리고 흑인 캐릭터가 등장한 것을 보았을 때도. 그래요. 그건 의미 있는 일이었습니다. 완전히 다른 무엇이었죠.

안 그래도 1960년대 후반 프랭클린의 등장이 당신에게 중요한 일이었는지 여쭤보려던 참이었습니다.

아, 아주 멋진 일이었죠. 이상하게 느꼈던 기억은 전혀 없습니다. 프랭클린은 아주 세련된 캐릭터였으니까요! 페퍼민트 패티와 마찬가지로요(난 그녀가 동성애자라고 생각해요).

사실 스파키는 프랭클린을 등장시키기 위해 엄청 싸워야만 했습니다. 남부 지역의 일부 신문들이 더 이상 「피너츠」를 싣지 않겠다고 엄포를 해댔거든요. 그가 소속된 통신사도 프랭클린을 빼길 원했습니다. 그러나 그는 단호하게 거부했죠.

흠, 그가 왜 그래야 했겠어요? 찰리 브라운이 사는 세계는 생각할 줄 아는 개, 피아노의 거장인 어린애, 흑인 아이가 사는 곳이었다고요. 그래선 안 될 이유가 뭐죠? 새들의 말을 이해하는 개, 그리고 탈룰라 뱅크헤드(1930~40년대에 인기 있던 미국 여배우로 자유분방하고 신랄한 성격으로 악명 높았다 - 옮긴이)와 아주 비슷한 인상적인 여동생도—그러니까 샐리 말이죠.

제 생각에는 당신들 둘 다 자신의 예술 분야를 통해 인생의 진실을 말하려고, 혹은 인생의 진실이라는 고갱이를 찾아내려고 한 것처럼 보입니다.

어디서든 간에 그걸 찾아내서 큰 소리로 말하는 거예요. 인생의 진실이 어둠 속에 도사린 두려운 존재가 되지 않도록 말이죠. 그냥 이렇게 말해요. '좋아, 이곳이 세상이야. 이곳엔 좋은 것도 있고 나쁜 것도 있어.' 이게 바로 아이들의 눈으로 본 우리의 세상인 거죠. '정신 상담사 안에 있음(루시가 5센트 정신 상담을 할 때 간판에 걸어두는 문구 - 옮긴이).'

하지만 두 분의 표현 방식은 거의 양 극단에 있죠. 당신은 변호사 역할에 가깝습니다. 훨씬 더 소란스럽고 대담하죠. 「피너츠」의 유머는 은근하지만, 당신의 유머는 훨씬 사나워요.

글쎄요, 내 생각에 그건 결국 시대의 문제인 것 같습니다. 슐츠가 하고 싶었던 것을 그 시대가 허용했는지 의심스러워요. 그가 나만큼 막 나가고 싶었던 적이 있었는지는 모르겠지만, 어떤 것들은 조금 다르게 말할 수 있었으리라고 생각합니다. 하지만 아마도 그러진 못했겠죠! 그는 자신이 말하려고 했던 것을 그가 선택한 방식대로, 아이들을 통해서 말할 필요가 있었으니까요. 그것이 옳다든지 틀렸다든지 하는 얘기가 아닙니다. 내겐 나를 대변해주는 캐릭터들이 있지요. 폰테인, 여성 장애인, 자메이카 여인네, 길고 풍성한 금발 머리의 어린 소녀. 그리고 슐츠에겐 슈뢰더, 찰리 브라운, 우드스톡, 스누피와 그 형제가 있었던 거고요. 우리 둘은 각자 여러 면에서 아주 다른 방식으로 사람들에게 말을 걸었지만, 종종 같은 얘기를 하려고 했었죠. 그래서 우리 둘이 서로를 존경할 수 있었다고 생각합니다.

두 분이 종종 같은 얘기를 하려고 했다는 말이 나왔으니 말인데, 당신이 말하고자 하는 내용을 어떻게 하나의 캐릭터로 만드는지요?

흠, 들어봐요. 이 세상은 그냥 이런 거고, 우리는 어떻게든 그 안에서 살아가고 있죠. 잘못된 것은 아무것도 없어요. 새들에게 말을 거는 개가 되든, 교육을 받기 위해 6,000마일을 달려가는 마약 중독자가 되든 간에 잘못된 건 아니고, 어쨌든 한 가지 사실은 마찬가지죠. 우리 모두 인류라는 같은 생물종에 속해 있다는 사실 말입니다. 그러니까 줄곧 온갖 다양한 방식으로 이루어지는 대화라고 할 수 있지요. 우리 두 사람의 접근 방식이 서로 다르다 해도, 이 세상을 위해 최선의 것을 바란다는 점에선 마찬가지예요.

당신의 유머와 슐츠의 유머에 직접적인 연관성이 있다고 생각하나요?

네, 근본적으로는 그렇다고 생각합니다. 왜냐면 슐츠는 사물의 어리석음을 지적하는 데 있어서 아주 영리했거든요. 난 종종 슐츠가 현 대통령에 대해 어떻게 표현했을지 볼 수 있었다면 좋았을 텐데 하는 생각을 해요.

재미있는 얘기네요, 스파키는 사실 보수에 가까웠으니까요.

그렇게 느낀 적은 한 번도 없습니다. 내가 느끼기에 그는 언제나 방과 후 교육 프로그램을 지지했는걸요. 내 말 이해하겠어요? 그는 그저 굳이 그렇게 말할 필요가 없었던 거죠.

하지만 그런 교육이 개인의 비용으로 이루어지길 바랐을지도 모르죠.

음, 완벽한 세상에서는 그렇게 되어야 마땅하겠죠. 완벽한 세상에서는 개인의 비용으로 대부분의 것들을 충당할 수 있어야 할 거예요. 하지만 우리가 사는 이곳은 완벽한 세상이 아니죠. 흥미롭게도 『피너츠』를 보면 거기 나오는 아이들이 잘사는지 못사는지를 좀처럼 짐작할 수가 없죠.

전 항상 슐츠에게는 인류애가 정치 성향보다 우선이었다고 생각해왔어요.

바로 그거죠.

『피너츠』에서 소외 문제를 다루는 관점에 동의하셨나요?

지금 와서 돌아보면 그렇게 생각되는군요.

당신도 그런 성향의 아이였지요?

아뇨, 난 희한하게도 내가 기대에 부응하지 못할 거라는 사실을 잘 알고 있었답니다. 우리 부모님의 기대라기보다는 다른 사람들의 기대라고 해야겠지만요. 다만 지금 와서 생각해보면, 아이들에 대한 어른들의 잔인함이 잘 기억나요.

『피너츠』에 나오는 캐릭터들에 대해 조금 여쭤봐도 될까요. 특별히 좋아했던 캐릭터가 있습니까? 루시는 어땠나요?

　　난 루시가 좋아요. 이제 어른이 되어서 루시를 보면 이런 생각이 들거든요. '아, 얘한테도 고민들이 있구나.' 루시는 나름대로 자기 고민들을 해결해보려고 노력하는데, 그 와중에 루시가 자신을 보호할 수 있는 방식은 그렇게 행동하는 것밖에 없어요. 하지만 찰리 브라운은 루시가 그런 아이인 것에 개의치 않아요. 자기 자신에 대해 고민하느라 바쁘니까요. 그게 찰리 브라운의 매력이죠. 그는 모든 사람을 있는 대로 받아들여요. 다른 사람들은 모두 그에게 이러니저러니 난리를 치는데 말이죠. 스누피만 빼고요. 스누피는 이해해주죠. 라이너스요? 좋아할 수밖에 없죠. 뭔가에 매달리고 싶어하지 않는 사람이 어디 있겠어요?

슈뢰더의 엄청난 재능에도 매력을 느끼셨나요?

　　네, 하지만 슈뢰더는 좀 우울한 아이죠. 그러니까 별로 재미있는 녀석은 아니겠구나 하는 생각을 하게 돼요. 당신이 베토벤이나 슈베르트에 대해 떠들어대는 사람이 아닌 이상 말이죠. 세속적인 것에 대한 슈뢰더의 태도는 무척 흥미로워요. 〈젓가락 행진곡〉 연주라도 듣게 되

면 슈뢰더는 표정이 바뀌죠. 말하자면 '이건 재미가 없어. 아무런 깊이도 없단 말이야'라는 느낌이에요. 하지만 재즈곡 연주에 대해서는 전혀 문제가 없죠. 어른이 된 슈뢰더를 상상해보면 항상 1950년대의 비트족을 떠올리게 돼요. 턱에 염소수염을 기른 모습으로요.

페퍼민트 패티는 정말 좋아요. 자신이 어느 누구와도 다른 사람이 될 거라는 사실을 이미 알고 있는 것 같거든요. 실제로 그랬고요. 페퍼민트 패티의 외모도, 말투도 남들과는 달랐죠.

물론 이 작품에 판타지 요소를 부여하는 존재는 스누피죠. 그런 요소를 좋아하셨나요?

　　아시다시피, 스누피의 형제가 스누피 자신이라는 걸 인식해야 이 만화는 비로소 판타지가 되죠. 난 스파이크가 별개의 인물이라고 생각하지 않아요. 스파이크는 사실 스누피의 또 다른 자아인 거죠. 스누피는…… 대부분의 예술가들이 가지고 있는 내적 영혼이에요.

스누피가 항상 상상력을 발휘하기 때문인가요?

　　그렇죠. 그러면서도 뭐든지 곰곰이 생각하고요. 스누피는 모든 것을 보고 또 이해하려고 노력하죠.

픽펜, 그 녀석도 아주 좋아해요. 아직 픽펜 얘길 안 했네요. 픽펜은 그냥 먼지구름 같은 존재일까요? 픽펜은 어디서 온 걸까요? 어디에 살죠? 픽펜의 집은 돼지우리pigpen일까요? 누가 알겠어요?

오랜 세월에 걸쳐 이 작품이 변화한, 혹은 진화한 방식에 대해 어떻게 생각하세요?

　　난 『피너츠』 초기와 후기의 시각적 변화가 마음에 들어요. 내게 『피너츠』는 이 세상과 같이 결코 시대에 뒤떨어지지 않는 존재예요. 아마도 그게 특별한 점 같아요. 시대를 초월한 작품이란 거요. 줄스 파이퍼의 작품처럼요.

만화라는 형식에 대한 당신의 애정은 무엇에 기인한다고 생각하나요? 방금 전에 주저 없이 파이퍼를 언급하셨는데요.

　　난 삽화가들을 좋아해요. 맥스필드 패리시(20세기 전반에 활동했던 초현실적 화풍의 삽화가 - 옮긴이) 같은 사람들, 손끝에 마법을 간직한 삽화가들은 내게 매혹적인 존재지요. 파이퍼의 『봄의 춤』을 보면 홀딱 반하지 않을 수가 없어요. 두 사람이 나와서 지적인 대화를 나누다가 그중 한 사람이 갑자기 '넌 거짓말쟁이야!' 이러고는 걸어 가버리는 만화요. 혹은, 개집 위에서 삶에 대해 숙고하는 개가 나오는 만화도 있고요. 그런 것들에는 뭔가 굉장한 느낌이 있어요.
워너브라더스에서 척 존스와 프리츠 프릴링이 만든 만화영화들도 마찬가지죠. 〈왓츠 오페라, 닥?〉이든 〈석탄 공주와 일곱 난쟁이들〉이든, 그들이 만들어낸 것을 보면 말이에요. 텍스 에이버리도요.
그런 위대한 목소리들은 항상 존재해왔어요. 그리고 우리는 왠지 모르면서도 어쨌건 그 목소리들에 귀를 기울이게 되죠. 난 그런 작품을 만들어낸 사람들에게 귀를 기울인답니다. 내 마음속의 황무지에 있을 때면 항상 그들의 목소리가 들려와요.

이게 뭐야?

내년에 네가 더 좋은 사람이 될 수 있도록 도와줄 물건.

네 단점들을 전부 다 적은 목록이야.

단점이라니? 이런 것들도 단점이야?! 이건 단점이 아니라고….

특징적 성격이라고 하는 거야!

!

도대체 뭐하는 거야? 모두에게 일일이 단점 목록을 나눠주고 다니다니!

난 이상이 높은 사람이거든, 찰리 브라운.

이 세상이 내가 살아가기에 좀 더 나은 곳이 되면 좋겠단 말이야!

자신의 단점을 지적받는 걸 좋아하지 않는 이들도 있다고….

휴우

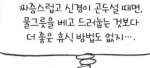

짜증스럽고 신경이 곤두설 때면,
물그릇을 베고 드러눕는 것보다
더 좋은 휴식 방법도 없지….

하지만 너무 짜증이 나고 너무
신경이 곤두서서 그것조차도
별 도움이 안 될 때도 있거든….

1-5

어휴

아,
안 돼!

1-6

이것 좀 들어봐, 응?

작곡가들에게 이제 더 이상
성역이라곤 없나 봐!

〈스타더스트〉의 멜로디를
딴 팝송이 나왔어!

※ 스타더스트 : 호기 카마이클이 1927년에 발표한 재즈 스탠더드 넘버.

?

1-7

혹시 땅다람쥐가 널 보고
미소를 보낸 적이 있니?

방금 알게 된 사실인데, 오케스트라에서 가장 봉급이 높은 사람은 제1 오보에 연주자인 경우가 많대….

이 세상에서 가장 신나는 일이라면 뭐니 뭐니 해도 돈 많은 오보에 연주자랑 결혼하는 거 아니겠어?

1-8

휴우 쟤는 도대체 질투할 줄을 모른다니까!

안녕, 뚱보야!

뚱보라고?

난 뚱뚱하지 않아!

내 배가 일찌감치 성숙한 것뿐이라고!

1-9

1-10

서부에서 가장 뚱뚱한 총잡이!

그래, 그렇게 하는 거야! 그래야지!

더 빨리 달려! 더 빨리!!

인디언들아, 어서! 카우보이들을 잡으란 말이야!

라이너스, 부엌에 가서 사랑하는 누나한테 샌드위치 좀 만들어주지 그래?

방해하지 말고 꺼져! / 너 방금 뭐라고 했어?

만들게! 만든다고! 때리지 마!!

알겠지, 내가 열까지 세기 전에 그놈의 샌드위치를 여기 대령하는 게 좋을 거야! 하나, 둘….

셋, 넷, 다섯, 여섯, 일곱….

여덟… 아홉….

…열!

너 개 좋아하니, 찰리 브라운?

이건 불공정해!!

반드시 대답해야 돼!

아이고, 맙소사….

그래, 난 개들을 사랑해. 개들이 우리와 함께 있어서 이 세상이 좀 더 나아진 거라고….

자유다!

여기 누구 개 좋아하는 사람 없니?

흠, 여기 누구 없어? 개 애호가인 사람? 개 없으면 못 사는 사람? 누구 없냐고?

어때? 여기 누구 개 좋아하는 사람 없어? 그런 사람 없냐니까? 응? 좀 나와볼래?

어휴

여기 누구 개 좋아하는 사람? 응? 개 애호가 어디 없어?

난 단지 걔들을 조금 칭찬해줬을 뿐이야. 그런데 이 녀석이 그 뒤로 계속 나한테 매달려 있다니깐….

그 칭찬 진심이었니?

물론이지. 난 정말로 걔를 좋아하는걸.

1-19

방금 녀석이 내 팔을 좀 더 세게 움켜잡았어.

어휴

SCHULZ 1-20

이 의학잡지 최신호에 실린 내용 좀 들어봐.

"개가 인간의 팔에 너무 오래 매달려 있으면 심각한 부상을 입힐 가능성이 있다."

1-21

됐네! 자, 이제 너 나한테 빚진 거야!

여자애들은 좀 멍청하다니까, 그치?

글쎄, 뭐랄까…. 내가 생각하기엔 여자애들은 제법 똑똑한데.

사실은 말이야, 내 생각엔 여자애들이 있어서 이 세상이 좀 더 나아졌다고 생각해….

아, 안 돼!

SCHULZ
1-22

우리 아빠는 날 미워해!

저녁 식사를 먹는데 내가 깨작거리니까 아빠가 이렇게 말했어. "인간답게 좀 굴어봐라."

1-23

그래서 내가 대꾸했지. "'인간'이란 걸 정의해봐요."

우리 아빤 날 미워한다고!

SCHULZ

세상에, 끔찍한 날이야!

내가 손댄 일을 전부 다 망쳐버렸어!

너무 속상해하지 마, 찰리 브라운…. 누구나 운수 나쁜 날은 있는 거잖아.

1-24

하지만 작년 한 해 동안 운수 나쁜 날이 365일이었던 사람은 나밖에 없는걸!

SCHULZ

펜슬팔 친구에게,
지난 크리스마스 이후로 계속
너한테 편지를 쓰고 싶었어.

멋진 선물 많이 받았니?
난 썰매를 받았어.
잠수용 오리발 한 쌍이랑, 그리고

엄마, '물안경'에
이응이 몇 개
들어가요?

두 개란다.

그리고 무량경도.
너의 친구 찰리 브라운이.

하늘에는 커다란
별들도 있고, 조그만
별들도 있지.

누나는 별에 대해
정말 많은 것을 아는구나.

흠, 내가 연구를 좀 하기는 했지.

학교에서 성적이 제일 좋은 과목 중
하나가 농업이거든!

무엇이 별들을
저렇게 높이
매달아놓고
있는지 아니?

글쎄, 잘 모르겠는데….

압정인가?

나도 캠퍼스 애완견이란 게 되어보고 싶어.

여대생들이 내 머리를 쓰다듬어주고 꼭 껴안아주겠지….

내 모습이 눈앞에 선하군….

캠퍼스의 인기남!

1-29

'캠퍼스의 인기남' 이라니…. 나 원 참!

네가 정말로 캠퍼스의 인기남이라면 건방지게 굴지 않고 누구한테나 상냥할걸!

1-30

1-31

있잖아, 찰리 브라운, 네 얼굴 보는 것도 이젠 지겨워지려고 해!

내 얼굴이 뭐가 문제야?

흠, 사실 문제랄 건 전혀 없어….

그러니까 네 얼굴은 그냥…. 그냥 너무…. 흠, 그게 말이야….

그냥 너무 얼굴 같아!

SCHULZ   2-2

네 얼굴에 뭐가 부족한지 알아?

개성이란 게 부족해, 찰리 브라운…. 그냥 얼굴 같은 얼굴이라고!

2-3

엄청난 타격이군….

얼굴 같은 얼굴만 가지고 인생을 헤쳐가야 할 운명이라니!

SCHULZ

네 얼굴도 그렇게 나쁘진 않을 거야, 찰리 브라운. 약간의 개성만 갖춘다면….

자, 저길 봐…. 바로 저런 게 개성 있는 얼굴이지!

2-4

저건 개성이 아니야…. 그냥 털이잖아!

SCHULZ

개성이라고…. 흥!

쟤가 그러는데 내 얼굴은 그냥 얼굴 같지만 네 얼굴엔 개성이 있다는 거야!

넌 코가 커다랗지, 그것뿐이야! 커다란 코에 길고 멍청한 귀!

휴우 하지만 그냥 얼굴 같은 얼굴보단 그 편이 훨씬 낫겠지….

2-5

무슨 일이야, 찰리 브라운?

아, 그냥 네 누나가 한 말 때문에 그래.

내 얼굴에 개성이 전혀 없대. 그래, 걔 말이 옳아…. 난 평범 그 자체야!

루시 말엔 신경 쓰지 마, 찰리 브라운…. 있잖아, 내가 누나 말에 신경 썼더라면 오래전에 신경쇠약에 걸렸을걸!

2-6

!

2-7

찰흙 이잖아!

덥석!

야! 내놔!!
그 벙어리장갑
내놓으라고!

내놓으라고 그랬지!!

2-8

으악!

2-8

요즘은 추운 날 개들에게 입혀줄 물건들이
정말로 다양하게 나온다니까….

새 시계 받은 거야, 루시? 예쁘네.

이제 넌 방금 전 우리가 마주친 순간보다 14초 더 늙었어. 이젠 20초 더 늙었고….

25초…. 30초…. 35초….
2-9

40초! 45초!
으아악!
SCHULZ

누난 그냥 사람들을 괴롭히고 싶은 거잖아!

게다가 난 그 이유도 알아! 누난 정신병자니까! 정신환자, 정신환자, 정신환자라고!

'정신병자, 정신병자, 정신병자'라고 해야지.

2-10
정말로 그런 거라곤 생각지 않았는데….
SCHULZ

이런, 스누피, 오늘은 좀 어때?

이 세상 전반에 대해서 어떻게 생각해? 삶에 대해서는?

세금, 신학, 올챙이, 타말레, 시간표, 홍차, 테네시 어니에 대해서는?
2-11

녀석이 옳아…. 확실하지 않으면 그냥 아무 말도 안 하는 게 낫지.
SCHULZ

※ 테네시 어니 포드 : 당대의 인기 팝송 가수이자 텔레비전 버라이어티 쇼 진행자.
※ 세 번째 칸에서 찰리 브라운이 열거하는 단어들은 모두 T로 시작한다.

밸런타인데이 카드 부치는 거야?

그중에 나한테 보내는 예쁜 카드도 하나 있겠지?

왜 그래야 하지? 난 널 좋아하지 않는데, 찰리 브라운!

그냥 동정 삼아서라도 보내주면 안 돼?

2-12

가엾은 찰리 브라운….

항상 남들이 자길 좋아하는지, 자기한테 밸런타인데이 카드를 보내줄지 따위로 안달한다니까.

개로 살면 그런 것 때문에 걱정할 필요가 없지…. 모든 게 명확하니까.

날 좋아하는 사람이라면 내 머리를 쓰다듬어줄 거고, 날 싫어하는 사람이라면 날 걷어차겠지!

2-13

너 정말로 나한테 밸런타인데이 카드 안 보낸 거지, 그치?

당연히 안 보냈지…. 내가 안 보낸다고 말했잖아. 정말이라니까!

넌 정말로 네가 한 말을 그대로 지키는구나. 그치? 대단해….

고마워, 찰리 브라운.

이 멍청아!!

2-14

멋지다! 정말 멋져!

얘한테 뭐가
필요한지 알아?
장갑이야!

낡은 모자도!
낡은 모자 괜찮겠지?

우리 눈사람은 꼭
역사적 위인처럼 보여!

맞아,
현대 문명에
오염되지 않은
순수한 인물 말이야!

루시, 혹시 내 담요 봤어?

자, 여깄어…. 간다!

앗, 뜨거워!

이런, 말한다는 걸 깜박했네. 방금 건조기에서 꺼내온 건데!

역겨워, 역겹다니까!

뭐가 역겹다는 거야?

네가 질질 끌고 다니는 그 명청한 담요에 얼마나 많은 세균이 묻었는지 생각해본 적 없니?

세균이라고?

…그래, 도중에 세균이 조금 묻기는 하겠지…. 그게 뭐 어때서?

세균은 담요 저쪽 끝에 있고 난 이쪽 끝에 있잖아!

아무래도 이 담요를 포기해야 할까 봐, 찰리 브라운….

나 대신 그 담요를 간수해줘. 내가 아무리 부탁하더라도 나한테 돌려줘서는 안 돼!

맙소사…. 도무지 안 되겠어. 마음이 바뀐 것 같아…. 제발 돌려줘….

그래, 여깄어!

넌 나보다 더 약해빠졌구나!!!

있잖아, 찰리 브라운…. 내가 이놈의 담요에서 벗어날 수 있도록 네가 좀 도와줘야 돼.

나 대신 이걸 잘 가지고 있어줘. 내가 애원하더라도 절대로 돌려주면 안 돼! 내가 뭐라고 하든 절대 나한테 돌려줘서는 안 된다고!!

2-19

나 생각이 바뀐 것 같아…. 돌려줘.

알았어, 여기….

안 돼! 안 돼! 안 돼!

어휴

나 자신을 속여봤자 소용없어.

이 담요가 없으면 난 마른 대나무 쪼가리처럼 부서질 거야!

게다가 이 담요는 내게 좋은 기회도 주니까, 바로….

덥석!

2-20

…여행할 기회!

멍 멍 멍

멍 멍 멍

아무래도 가만히 있는 게 낫겠어….

딱히 할 말도 없는데 마구 짖어대는 건 무의미한 짓이야.

2-21

내가 정말 듣기 싫은 말이 먼지 아니?

누가 나한테 '집에 가버려!'라고 말하는 게 싫어! 엄청 짜증 난다고!

내가 들으면 짜증 나는 말은 이거야. '넌 너무 어려!' 진짜 열 받는다니까!

둘 다 틀렸어…. 세상에서 가장 거슬리는 말은 바로 이거지. '이리 와, 야옹아!'

2-23

SCHULZ

"제인은 톰을 본다. 톰은 뛸 수 있다. 제인은 뛸 수 있다."

"렉스는 제인과 톰을 본다. 렉스가 제인과 톰에게 달려간다."

자, 지금까지 소감이 어때?

멋져! 훌륭해! 계속해줘!

마음에 든다니 잘됐네. 그다음부터는 감당하기 어려울 만큼 서스펜스가 넘치거든.

2-24

SCHULZ

요새 학교에선 좀 어때, 찰리 브라운?

아, 그럭저럭 괜찮은 것 같아…. 골칫거리라면 산수 정도야.

난 네가 산수를 좋아할 줄 알았는데. 아주 명확한 과목이잖아….

2-25

바로 그게 문제야. 나는 문제의 답이 대체로 개인적 견해인 과목에 제일 강하거든!

SCHULZ

체! 오늘 바람이 내 모자를
날려버린 게 벌써 네 번째야!

뭐, 저어도 연날리기엔
좋은 날이네….

이런!
또 날아가네!

내가 잡아올게,
찰리 브라운….
넌 연을 잡고 있어!

고마워….
이제 내가 달리면서 연을
띄울 테니 넌 연을 붙잡아줘.

젠장!
난 세상 최악의
연날리기 선수야!

네 모자 여기 있어….
완전히 길 건너편까지
날아갔어!

앗!

또
날아간다!

나 생각해봤는데 말이야,
찰리 브라운….

네 머리에 연을 쓰고
모자를 날리는 건 어떨까?

3-1

난 골대를 설치할 테니까 넌 말뚝을 박아…. 알겠지, 라이너스?

알았어. 사나이 구실을 하는 건 언제든 즐거운 일이지!

펑
펑
펑
펑

쾅
쾅
쾅

앗, 뭐야!

?

아무래도 그냥 도서관에 전화를 걸어서 책을 잃어버렸다고 얘기해야겠어!

3-9

지금 바로 전화기 앞에 가서 전화를 거는 거야!

당장 수화기를 들고 도서관에 전화를 걸어 도서관 책을 잃어버렸다고 말해야지….

SCHULZ

나 그냥 죽어버릴까 봐….

어젯밤에 도서관 사람들이 날 잡으러 오는 꿈을 꿨어.

나한테 쇠사슬을 채우고서 책으로 머리를 막 갈겨댔어. 그러다 도서관 사람들이 FBI로 변했지.

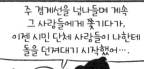

주 경계선을 넘나들며 계속 그 사람들에게 쫓기다가, 이젠 시민 단체 사람들이 나한테 돌을 던져대기 시작했어….

3-10

깨어났을 땐 차라리 다행이다 싶었어!

SCHULZ

도서관 책 찾았니, 찰리 브라운?

3-11

아니….

이런, 그럼 이제 어떻게 될 것 같아?

글쎄, 내 생각엔 말이야…. 개인이 제도에 맞서 싸울 때면 언제나 제도가 이기게 마련이지!

왜 그래?

냉엄한 진실을 듣게 되면 난 항상 넋이 나가버리거든!

SCHULZ

도서관에게.
여러분의 책을 잃어버렸어요.

아무리 찾아도 못 찾겠어요.

도서관에 가서
자수하려고 해요.

부디 우리 엄마 아빠는
해치지 말아주세요.

3-12

찾았다!

도서관 책 찾았어!
냉장고 안을 봤더니
거기 있지 뭐야! 찾았다고!!!

잘됐다,
찰리
브라운.

찾았어! 찾았다고!!
하 하 하 하! 찾았어!
찾았다니까! 히 히 히 히!
찾았다! 찾아냈어!!

이 세상에서 뭐니 뭐니 해도
가장 감동적인 것은 지금 막 궁지에서
벗어난 사람의 모습이지!

제트기를 구경하는 건
즐거운 일이야. 그러니까….

제트기가 음속을
돌파할 때 말이지!

3-14

들어와, 라이너스. 너한테 보여줄 게 있어….

지구본이야! 내가 항상 갖고 싶었던 거지.

최근의 과학적 발견에 따르면 지구는 둥근 게 아니라 서양배 모양이라던데!

내가 왜 그랬을까, 침대에 눕기 직전에 피자 다섯 조각을 먹다니….

안녕, 찰리 브라운.

안녕, 라이너스.

흠, 저 녀석 정말로 바빠 보이는걸.

맞아. 새 공구 상자를 받은 뒤로 계속 엄청 바빴어.

뭘 만드는 건데?

나도 몰라. 방금 전에 뭔가를 완성했다고 그러던데…. 쓰레기통이나 의자나 뭐 그런 거겠지. 누가 알겠어?

이 일에서 뭔가 교훈을 얻을 수 있을 것 같은데, 정확히 뭔진 모르겠네…

누구든 덤벼라!

내가 바로 '복면 데블'이다!

'복면 마블'이겠지!

갑자기 자신감이 싹 사라졌어….

※ 복면 마블(Masked Marvel) : 마블 코믹스 세계관 속의 수퍼 히어로들 중 하나.

쿨

아이고, 이제 그만! 황당한 생각은 말아야지!

인생에서 가장 중요한 것 중 하나는 모두에게 듣기 좋은 말을 해주는 거야.

안녕, 찰리 브라운. 도서관 가는 길이야?

어.

그래, 도서관 잘 다녀와!

이 책에 블러드하운드에 대한 이야기가 실려 있네.

블러드하운드는 어떻게 생겼어, 찰리 브라운?

3-26

내가 모를 거라고 생각하나 보지?!

※ 블러드하운드 : 후각이 예민한 영국산 개 품종. 사냥개나 경찰견으로 쓰인다.

정신상담 5센트

난 깊은 절망감에 빠져 있어….

정신상담 5센트

3-27

어떻게 하면 좋을까?

정신상담 5센트

확 떨치고 나와! 자, 5센트 내.

정신상담 5센트

♪♩♫

이 세상엔 음악보다 더 중요한 것들이 있어.

허? 뭔데?

흠, 그게…. 그러니까…. 말하자면….

…여자?

3-28

그렇게 말할 줄 알았다고!

내가 이 자리에 앉아 있을 때 그 귀여운 여자애가 지나갔지. 그리고 내게 아이스크림콘을 한입 줬어….

영원히 못 잊을 거야…. 난 바로 이 자리에 앉아 있었어, 그때….

3-30

멀 기다리고 있는 거야, 이 멍청아?

휴우 '추억은 돌아오지 않는 법'….

이 책에 따르면 베토벤은 여자를 좋아했대.

베토벤도 여자를 좋아했다는데 넌 왜 여자를 싫어하는 거야? 응?

3-31

한 방 먹였다!!!

4-1

베토벤도 여자를 좋아했다던데!

미움이란 게 존재하지 않는다면 멋지겠지?

온 세상에 미움이 없다면 정말로 멋질 거야!

4-2

왜 그 문제에 그리 관심이 많니, 찰리 브라운?

그렇게 되면 아무도 날 미워하지 않을 테니까!

SCHULZ

난 괜히 투덜대기만 하는 거 같아.... 개로 사는 것도 사실 그리 나쁘진 않은데.

삑!

종종 모욕을 당한다는 것만 빼고!

4-3

SCHULZ

삑!

4-4

SCHULZ

야, 벌써 다섯 시가 넘었어!

이제 그만 놀자, 라이너스. 우리가 제일 좋아하는 텔레비전 프로그램이 시작했겠어!

금방 따라간다고요, 아줌마!

4-6

아줌마라고?

!

멍!

외판원들이란!

4-7

희한하지…. 패티는 정말로 내 가장 친한 친구야. 나랑 싸우지 않을 땐 말이지. 그래, 셔미도 친구라고 해야겠지. 하지만 뭐랄까, 사실 그렇지도 않아….

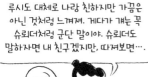

루시도 대체로 나랑 친하지만 가끔은 아닌 것처럼 느껴져. 게다가 걔는 꼭 슈로더처럼 군단 말이야. 슈로더도 말하자면 내 친구겠지만, 따져보면….

4-8

휴우

내가 항상 생각해왔던 대로군…. 친구에게 뭔가 얘기하려면 항상 스코어 카드가 필요한 법이지!

나한테 뭐 안 주려나?

쩝 쩝 쩝

우적 우적 우적

어휴, 뭐라도 좀…. 제발!

자, 스누피…. 이거 먹어. 마지막 하나는 네 거야.

어휴 어찌나 초조했는지 비상 버튼을 누를 뻔했네!

4-9 SCHULZ

이 신문 기사에 따르면 오늘날의 젊은이들에겐 대의랄 게 없다.

절대로 그렇지 않아! 나에겐 대의가 있어…. 난 나를 믿는다고! 나의 대의는 바로 나야!

나 자신 말고 대체 뭐가 대의일 수 있지? 내 믿음은 그 무엇도 아닌 나 자신이야! 그게 바로 내가 믿는 거야!

4-10

나 자신이야말로 내가 아는 최고의 대의야. 난 그것만을 믿어! 내가 바로….

나 원 참!

SCHULZ

가자, 라이너스…. 엄마가 저녁 식사 차려놨대.

난 저녁 안 먹어!

알았어. 하지만 안 먹으면 크지도 못할 텐데….

안 큰다고?

SCHULZ 4-11

난 그냥 생일이 지날 때마다 자동으로 크는 줄 알았는데!

너희들의 감독으로서 난 이번 시즌에 큰 기대를 갖고 있어.

물론 지금까지 우리에게 사소한 문제들이 있었다는 건 나도 알아. 하지만 올해에 우리는 반드시 우승해야 해.

올해 첫 연습일인 오늘 더 많은 선수들이 와주길 바라긴 했어. 하지만 다들 무척 바쁘다는 걸 잘 아니까….

4-13

아마도 내일은 좀 더 낫겠지….

SCHULZ

안녕, 감독! 뛰고 싶어서 몸이 근질거리는걸!! 멋진 시즌이 될 거야!

그래. 나 몇 주 전부터 계속 야구 생각 밖에 안 했다고…. 정말이라니까.

올해엔 미니애폴리스가 양키스를 이길 수 있을까?

4-14

SCHULZ

감독이 뭐 저래! 야구 얘기에도 관심이 없다니!

이거 예쁘네….

어머, 이것도 좀 봐. 정말 예쁘잖아!

대체 뭐하고 있는 거야?

2루수 역할을 해야 할 거 아니야, 돌멩이만 쳐다볼 게 아니라!!

SCHULZ

4-15

케이시 스텡겔이라면 절대로 자기 선수들에게 소리 지르지 않을걸!

※ 케이시 스텡겔 : 1950년대 뉴욕 양키스 야구팀 감독으로 팀을 이끌고 여러 번 월드 시리즈에서 우승했다.

이봐, 라이너스….
그 담요 말인데….

4-16

아, 네가 그 담요를 가지고 경기장에
나온 줄 알았지 뭐야. 지금 보니까
아닌 모양이네….

이봐, 감독!
이번 시즌엔 내가
널 끝까지
뒷받침해줄 거야!

팀의 성공은 감독의 말을 잘 따르는
선수들에 달려 있지. 그리고 난 네가
요청하는 대로 뭐든 할 생각이야,
찰리 브라운!

잘됐네…. 그럼 외야에서
뜬공부터 좀 쫓아볼래? 그리고….

4-17

외야라고?

찰리 브라운의
티셔츠에 적힌
M이란 글자는
대체 무슨 의미지?

나도 몰라…. 사향쥐muskrat란 뜻인가,
아니면 두더지mole?

마카로니macaroni 아니야? 고등어
mackerel? 쥐mouse? 마그나카르타magna
charta? 말러Mahler? 메이저Major?
매머드 동굴mammoth cave?

4-18

안녕,
감독manager….
잘돼가?

못 참겠어….
도저히
못 참겠다고….

그건 뭐야, 찰리 브라운?

시를 하나 썼어....

정말? 읽어봐.

알았어.... 그렇게 길진 않아.

가끔씩 넌 생각하겠지, 난 모든 걸 다 아는 것 같아.... 가끔씩 넌 생각하겠지, 난 아무것도 모르는 것 같아.... 가끔씩 넌 생각하겠지, 난 적어도 몇 가지는 알아.... 하지만 가끔씩 넌 잊어버리지, 네 나이가 몇 살인지도.

내가 지금껏 들어본 가장 형편없는 시야!

4-19

시라는 건 감정을 담고 있어야지! 네 시는 그 누구의 마음도 건드리지 못할 거야! 아무도 울리지 못할 거고! 네 시는....

으앙!

가끔씩 넌 생각하겠지, 난 모든 걸 다 아는 것 같아.... 가끔씩 넌 생각하겠지.

나 원 참!

훌쩍

SCHULZ

감독으로 살기란 힘들어….

우리 팀 첫 시합이 다음 주인데, 전혀 준비가 되어 있지 않잖아!

4-20

큭 어휴 듈

리틀 리그 가입을 거절당한 잔챙이들로 만들어진 팀은 우리밖에 없다고!

SCHULZ

좋아, 이제 '슬라이딩 연습'이라는 걸 한번 해보겠다!

한 명씩 차례로 3루로 들어와 봐. 최대한 멋지게 슬라이딩해서 말이야!

4-21

어느 팀에나 어릿광대 하나는 있기 마련이지….

SCHULZ

곰곰이 생각해보면 말이야, 찰리 브라운이야말로 우리 팀의 진정한 중추라고 해야겠지.

클린업을 치는 타자에, 투수에다 감독 역할까지 하잖아!

4-22

그렇다면 우리 팀은 중추가 엄청나게 약한 셈이네, 그렇지?

SCHULZ

그래, 오늘 연습은 잘했니, 루시?

괜찮았어…. 뜬공을 쫓아다녔고 타격 연습도 조금 했어.

4-23

그건 그렇고, 여기 내 청구서 받아. 3달러 75센트야.

알겠지, 난 대가 없이는 야구 같은 거 안 한다고!

SCHULZ

흠, 이렇게 시합 전의 마지막 연습이 끝났군….

4-24

다음 주 월요일이 너무 두려워….

눈앞에 선히 그려진다고…. 우리 팀이 경기장에 들어서면 심판이 외치겠지. '플레이 볼!'

…그러면 우리 팀 전체가 현기증으로 픽픽 쓰러지겠지!

SCHULZ

첫 시합이 월요일이란 걸 생각하니 잠이 안 와…. 신경쇠약에 걸렸어.

잠을 못 자겠어…. 내가 저지를 것 같은 온갖 실책들만 생각나고…. 난 포수가 아니야. 피아노 연주자란 말이야!

새벽 두 시인데 아직도 잠이 안 오네…. 우리 팀의 다른 누군가도 나처럼 잠을 설치고 있을까?

4-25

SCHULZ

4-26

비 덕분에 살았어!

비가 안 왔더라면 나가서 첫 시합을 치러야 했을 거야. 그리고 처참하게 당했겠지….

상대 팀이 우리를 완전히 깔아뭉갰을 거야. 우리를 땅바닥에 처박고…. 망신을 주고….

비란 거 정말 좋지 않니?

오늘 야구 시합은 취소야, 찰리 브라운….

이렇게 계속 비가 오면 도저히 야구를 할 수가 없겠어….

그러네.

그리고 야구를 하지 못하면 우리가 질 일도 없겠지….

그렇긴 해.

비야, 내려라!!

하지만 야구팀을 만들어놓고서 매일 비가 오길 바란다니 옳지 않은 것 같아. 단지 시합에 나가서 패배하지 않아도 된다는 이유로 말이야!

아무래도 우리는 태도가 글러먹은 것 같아…. 좀 더 낙관적인 자세로, 좀 더 자신감을 갖도록 해야 하는데.

그래도 내일 또 비가 오면 좋겠어!

오늘은 밖에 나가보기가 무서워….

여전히 비가 온다면 우리 팀은 하루 더 안전할 수 있겠지.

하지만 만약 해가 쨍쨍하다면 우리는….

4-30

망했다!

SCHULZ

600 대 0이라니!!

우리가 진 건 네 잘못이야! 네가 감독이잖아! 팀이 졌으면 그건 감독 책임이야!

600 대 0이라니! 세상에!!

5-1

너한텐 전략 같은 것도 없니?

SCHULZ

"그들은 그렇게 승승장구하여 마침내 600 대 0이라는 압도적인 점수 차로 승리했다."

"뛰어난 투구와 강력한 타격으로 그들은 불운한 상대 팀을 완전히 가지고 놀았다."

'불운한 상대 팀'…. 휴우 스포츠면이야말로 신문에서 가장 잔인한 지면이야….

5-2

SCHULZ

어휴, 그만해…. 맨날 라켓 탓만 하고 말이야!

5-4

라켓 뒤에 있는 사람이 문제라는 생각은 한 번도 안 해봤니?

이러니저러니 핑계 좀 그만 대라고!

하지만 역시 라켓이 문제인 것 같은데!

생각 좀 해봐, 찰리 브라운. 언젠가 어느 불쌍한 여자가 너랑 결혼하겠지….

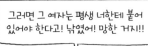

그러면 그 여자는 평생 너한테 붙어 있어야 한다고! 낚였어! 망한 거지!!

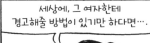

세상에, 그 여자한테 경고해줄 방법이 있기만 하다면….

5-5

조심해요! 조심해!

생각 좀 해봐. 12년쯤 후면 어느 불쌍한 여자가 찰리 브라운이랑 결혼할 거 아니야….

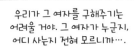

우리가 그 여자를 구해주기는 어려울 거야. 그 여자가 누군지, 어디 사는지 전혀 모르니까….

5-6

휴우

우리에게 필요한 건 일종의 경보 시스템이야….

이렇게 부르면 좋겠다. '결혼 조기 경보 레이더!'

못 견디겠어.

안녕.

안녕….

뭐하는 거야? 하늘은 파란색으로 칠해야지.

파란색이라고? 하늘이 무조건 파란색은 아니야!

아니라고?

하늘엔 여러 가지 색이 있다고…. 노란색 조금, 흰색 조금, 분홍색 조금, 그리고 초록색도 조금….

미쳤구나!

어디 밖에 나가서 눈으로 직접 보라니까!

좋아, 한번 보자고!!

하늘은 파란색이라고 생각 안 해, 찰리 브라운?

아니, 내 생각에 하늘은 여러 가지 색이라고 해야겠지. 노란색 조금, 흰색 조금, 분홍색 조금, 초록색 조금, 그리고….

5-10

너 진짜 한 대 맞고 싶어?

이게 대체 무슨 상황인지 모르겠네!!

넌 얼간이야, 찰리 브라운!

게다가 배짱도 없고 겁쟁이지!

무슨 일이야?

아, 별거 아니야….

그냥 찰리 브라운에게 약간의 '파괴적 비판'을 해주는 중이야!

5/11

이제 내 밥그릇 컬렉션도 제법 그럴듯한걸.

물그릇, 저녁밥 그릇, 디저트 그릇, 간식 그릇….

그리고 내가 제일 좋아하는 그릇은 바로 저거지….

5-12

26인치 피자를 위한 특제 밥그릇!

나랑 결혼할 여자는 요리를 잘해야 해….

난 분명 훌륭한 요리사가 될 거야.

게다가 유머 감각도 있어야 하고….

히 히 히 히! 유머 감각하면 또 내가 끝내주지.

그리고 밤늦게까지 잠자지 않고서 난해한 현악 4중주를 듣는 걸 즐길 수 있어야겠지….

5-13

꽝이네!!

찰리 브라운,
지금 우리가 서 있는 자리에
별이 떨어질 확률은 얼마쯤 될까?

흠, 내 생각엔
한 1명 분의 1 정도….

정말?

"갑자기 그는
방 안에 누군가의
인기척을 느꼈다…."

"그는 천천히
고개를 돌렸다…."

5-15

"바로 거기, 그의 곁에
흡혈 박쥐가 있었다!"

으아악!

도저히
이해가 안 돼….

픽펜, 넌 도대체 어떻게
그리 더러울 수 있니?

음, 설명하기가 좀 힘든데….

이 세상엔 우리가 평생토록
알지 못할 일들도 있는 것 같아!

별들이 아름다워, 그렇지?

어.

내가 무슨 생각하는지 알아?

저기 어딘가 작은 별이 하나 있을 거야. 내 별 말이야.

그리고 여기 지구에 있는 내가 수백만 명 사이에서도 외로운 것처럼, 저기 저 작은 별도 수백 수천만 개의 별들 사이에서 외로울 거야!

내 말 이해하겠니, 루시? 내 말에 무슨 의미라도 있다고 생각하니?

물론….

네가 돌았다는 의미인 거지, 찰리 브라운!

제법 괜찮았어….

하지만 좀 더 나을 수도 있었을 것 같아….

5-18

서른두 명이 들어갔으니까….

그래, 하지만 잊으면 안 돼…. 공중전화 부스는 여기보다 훨씬 넓다고!

※ 1950년대 말에는 공중전화 부스에 최대한 많은 사람을 집어넣는 게임이 인기였다. 대학교 캠퍼스에서 시작된 유행이었다고 한다.

외로움이란 끔찍한 거야….

나도 알아, 찰리 브라운…. 때로는 사람들 사이에서도 외로움을 느끼게 된다는 건 참 이상하지 않니?

그 점에선 난 좀 특이한가 봐….

5-19

난 나 혼자만 있을 때 외로워지거든!

펜슬팔 친구에게, 편지가 너무 늦어져서 미안해.

내가 텔레비전을 보느라 너무 많은 시간을 낭비하고 있다는 생각이 들었어.

5-20

이제부터는 책 읽기나 편지 쓰기 같은 좀 더 나은 일에 시간을 쓰려고 해.

이젠 그만 작별 인사를 해야겠어. 내가 제일 좋아하는 프로그램이 시작할 시간이야. 너의 친구 찰리 브라운이.

난 친절의 가치를 굳게 믿어….

우리는 다른 사람들뿐만 아니라 동물들, 물고기, 새, 그 밖의 모든 생물에게 친절해야만 한다고 생각해….

너랑 나는 감수성이 풍부한 것 같아, 찰리 브라운….

난 예전부터 항상 아메바들을 동정해왔거든!

SCHULZ
5-21

안녕, 스누피! 공놀이 좀 할래? 내가 던지면 네가 쫓아가서 잡는 거야! 좋지?

어때, 스누피? 공놀이 하고 싶지 않아? 내가 던지고 넌 쫓아가는 거야…. 응, 스누피?

집에 없나 보다….

5-22

☼ 휴우 ☼

SCHULZ

이리 와, 스누피…. 공놀이 좀 하자고! 내가 던지고 넌 쫓아가는 거야, 어때?

이리 오라니까…. 같이 재밌게 놀자고! 난 던지고, 넌 쫓아가서 잡고!

5-23

도대체 어디 갔는지 모르겠네….

SCHULZ

♬♫
랄랄랄라…
룰룰룰루…

훽!

아무래도 누난 의사를 좀
만나봐야겠어.

5-24

SCHULZ

나 할머니 댁에서 며칠 밤 묵고 올 거야….

무슨 일 있니, 찰리 브라운?

어젯밤에 우리 엄마가 입원하셨어.

아빠 말씀으로는 괜찮을 거래…. 사실은 닷새 안으로 돌아오실 거라고….

5-25

닷새라고? 이상한데…. 너 혹시…. 내 생각엔 말이야…. 아니, 그럴 리 없지…. 그래도….

SCHULZ

여동생이요?

나 아버지가 됐어!

아니, 우리 아빠가 아버지가 됐다고! 난 오빠고! 나한테 여동생이 생겼어!! 내가 오빠야!

5-26

누난 내가 태어났을 때 저러지 않았지!

SCHULZ

그래, 어젯밤 찰리 브라운에게 동생이 생겼단 말이지!

흠, 분명 한밤중에 이 주변이 들썩거렸겠군…. 사람들이 사방팔방 뛰어다니고….

자동차들이 이리저리 오가고…. 전화기가 울려대고…. 아직도 흥분의 기운이 남아 있어….

5-27

SCHULZ

그리고 이 모든 법석 탓에, 모두들 개한테 밥 주는 걸 잊어버리고 말았지!

1959

그러니까 동생이 생겼다고, 찰리 브라운?

응, 너무 기뻐….

기쁘다고?

5-28

인구 과잉이 심각한 문제라는 생각은 전혀 안 해본 모양이지?!

찰리 브라운의 새 여동생이 오늘 집으로 오는 것 같네….

나도 들어가서 그 애를 좀 보고 싶은데….

하지만 역시 안 그러는 게 낫겠지….

그 애가 눈을 뜰 때까지 며칠만 더 기다려야지!

SNOOPY

다들 와봐!

찰리 브라운에게 동생이 생겼어! 그래서 초콜릿 시가를 나눠주고 있다고!

축하해, 찰리 브라운!

고마워, 픽펜….

5-30

나쁘지 않군…. 이런 일이 좀 더 자주 있어야 하는데!

5-29

※ 당시에는 아기가 태어났을 때 아버지가 곁에 있어준 남성 친지들에게 시가를 돌리는 관습이 있었다. 이것이 아이들에게 시가 모양의 초콜릿이나 껌을 돌리는 관습으로 이어졌다.

내가 도울 수 있게 해줘서 고마워, 찰리 브라운. 누가 날 필요로 하면 기분이 좋거든….

이 연이라면 분명 구름 속까지 날아오를 거야!

흠, 두고 봐야지….

좋아…. 가자!

올라갔다! 올라갔어! 연이 떠올랐다고, 찰리 브라운!

내 도움 덕에 성공한 거야! 내가 널 도왔다고 모두한테 말해줄 거지, 찰리 브라운?

그럴 거지? 우리가 한 팀이었다고 모두에게 얘기할 거지, 찰리 브라운? 우리가 함께 해낸 거라고? 응? 그럴 거지?

5-31

툭!

너 같은 애 몰라!

그래, 찰리 브라운에게 드디어 동생이 생겼단 말이지.

쳇, 우리 집에는 절대로 새 아기가 생길 것 같지 않은데 말이야.

우리 집도 마찬가지야. 새 아기 같은 거 안 생긴 지 오래됐어….

우리 집에 있는 거라곤 이 늙은 아기뿐이지!

네 동생 이름은 이제 정해졌니, 찰리 브라운?

그래, 샐리라고 부를 거래!

샐리?

샐리…. 샐리 브라운…. 우리 친구 샐리 브라운!

그럴싸하군!

네 동생은 에이스 병원에서 태어났니, 찰리 브라운?

아니, 그렇지 않을걸…. 왜?

그거 안됐네….

에이스 병원에서 태어났더라면 베토벤 교향곡 전 9곡 음반을 공짜로 받았을 텐데!

그런데 찰리 브라운, 혹시 새로 생긴 네 동생한테 질투를 느꼈던 적은 없니?

천만에. 그 애는 정말 착하다고.

6-4

정말 눈곱만큼도 질투심이 안 생겼다고?

그래, 눈곱만큼도….

너 진짜 짜증 난다!

SCHULZ

이 불안한 세상에 새로운 아기를 데려오다니 옳지 않은 일이야…. 이 시대는 틀려먹었다고!

그럼 태어나기만 기다리면서 줄 서 있는 아기들은 다 어쩔 건데?

그 애들한테 가서 수천 년 더 기다리고 있으라고 얘기할 수는 없잖아? 안 그래?

음, 그럴 순 없겠지….

6-5

누나는 항상 충분히 생각해보지 않는 게 문제라니까!

SCHULZ

있잖아, 스누피…. 여동생이 있다는 건 꽤 멋진 일이야.

나도 이젠 더 이상 외롭지 않을 것 같아….

흠, 쟤 생각이 맞길 바라지만 잘 모르겠는걸…. 난 여동생도 남동생도 없었으니까.

난 외동 강아지였지!

6-6

SCHULZ

※ 하지만 이 스트립의 내용과 달리, 1965년 5월부터는 스누피의 일곱 형제자매들이 등장한다.

베토벤!
맨날
베토벤이야!

베토벤도 그렇게 위대한 사람은
아니었던 게 분명해!
친구도 전혀 없었을 거라고!

무슨 소리야,
친구가 전혀 없었을
거라니?

말
그대로야!

베토벤이 친구들이랑 골프를 쳤다는 얘기를
읽은 적 있어? 응? 있냐고? 그렇게 친구가 많았다면
왜 그 사람들이랑 골프를 안 쳤겠어?

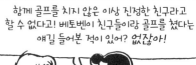

함께 골프를 치지 않은 이상 진정한 친구라고
할 수 없다고! 베토벤이 친구들이랑 골프를 쳤다는
얘길 들어본 적이 있어? 없잖아!

못 들어주겠네!
도저히 못 들어주겠어!

6-7

레너드 번스타인이라면 친구들과
골프를 친 적이 있으려나?

그러니까 네 동생 이름이 샐리로 정해졌다는 거지, 응?

흠, 샐리는 귀여운 이름 같아….

사랑스럽고, 상냥하고, 예쁘고, 어쩌면 살짝 수줍음을 타는 여자애가 떠오르는 이름이야.

…루시라는 이름처럼 말이지!

6-8

이봐, 바이올렛!

6-9

내가 꼬마 샐리한테 주려고 산 이 잠옷 세트 좀 봐.

넌 정말 헌신적인 오빠로구나, 찰리 브라운.

흠, 그렇게 되려고 노력 중이야.

6-10

거기다 다섯을 더하면 스물둘….

일천구백오십구에 스물둘을 더하면 일천구백팔십일일….

내가 스물두 살이 되면 샐리는 열일곱 살이겠네. 샐리가 나랑 데이트해줄까?

동생이 생겼다는 게 찰리 브라운에겐 여러모로 이로운 일 같아….

마치 새로운 사람이 된 것 같아 보여!

그거 끔찍한 생각이네!

정신적으로 안정된 찰리 브라운이라니, 그보다 더 불쾌한 존재도 또 없을 것 같아!

동생이 생겨서 너무 좋다고 생각하지, 응?

이제부터 넌 엄마 아빠의 사랑을 그 애랑 나눠야 한다고! 하지만 넌 그런 건 상관없다고 생각하겠지, 응?

50 대 50으로 딱 나눠질 거라고 생각하겠지? 흥, 천만에! 상대가 어린 여동생이라면 51 대 49가 될걸! 어쩌면 60 대 40일지도 몰라!

넌 아직 모르는 거야, 가족생활이란 그렇게 딱 떨어지지 않는다는걸….

어휴

PEANUTS
by
SCHULZ

이것 봐, 나 너한테 줄 게 있어!

턱 들어봐…. 착하지….

?

네 목걸이에 달 작은 방울이야, 스누피. 아주 근사해 보일걸….

어디 한번 걸어봐…. 네 맘에 드나 보자.

딸랑 딸랑 딸랑

딸랑 딸랑 딸랑

그래, 어떻게 생각해?

6-14

음매!

SCHULZ

넌 정말 운이 좋아, 찰리 브라운….

난 평생 여동생을 갖고 싶어했는데…. 도대체 이게 뭐야? 이 멍청이나 생겨버리고!

6-15

'멍청이'란 말을 정의해봐.

나 방금 뭔가를 깨달은 것 같아….

6-16

지금까지 전혀 몰랐는데, 루시는 정말로 내가 태어난 게 억울한가 봐…. 너처럼 여동생을 갖고 싶어했는데!

흠, 우리 메리언 아주머니가 항상 하시는 말씀대로지. 친구는 선택할 수 있지만 가족과 친척은 선택할 수 없는 거야.

너희 메리언 아주머니는 정말 현명하시구나!

그래, 이제야 알겠네! 누난 항상 여동생을 바랐던 거야, 남동생이 아니라!

아무래도 나 집을 떠나야 할까 봐….

왜, 얼른 떠나지 그래? 이 멍청한 담요도 같이 갖고 꺼져!

날 없애버리려는 거야?!

6-17

나로서 감당하기 너무 힘들어…. 도저히 못 견디겠어!

다른 사람도 아닌 친누나가 나더러 태어나지 않기를 바랐다니, 무척 우울해지는 사실이야.

'태어나지 말았어야 한다'니…. 세상에! 그 말이 무슨 뜻인지 알아? 한번 잘 생각해봐….

그 말에 함축된 신학적 의미만으로도 아찔해진다고!

6-18

난 집에서 달아날 거야, 바이올렛!

그래? 집에서 달아난 어린 소년에 대한 재밌는 농담을 하나 아는데….

6-19

한 남자가 길가에 서 있는 그 소년과 마주쳤지. 그러곤 어디 가느냐고 물었어….

소년은 이렇게 대답했어. '나 집에서 달아났어요. 하지만 차도를 건너도 된다는 허락은 못 받았거든요!'

퍽도 재미있네!

나 땜에 기분 상했다면 미안해, 라이너스….

아, 괜찮아….

훌쩍

아니야, 정말이야…. 어쨌든 넌 내 동생인걸.

우리는 한 집안 식구잖아…. 형제자매이고 같은 핏줄이란 말이야.

6-20

내 생각이 어떻든 간에, 난 너랑 붙어 있어야 된다고!

이것 봐,
샐리 사진이야.
찰리 브라운의
새 여동생 말이야….

어머,
귀엽
잖아?

정말
귀엽다.

너무 귀여운
사진이야.

얘 진짜
귀엽네,
찰리 브라운.

완전
깜직해.

대단한
귀염둥이야.

'귀엽다'라는 말을 영어에서
삭제한다면, 우린 멸종해버릴 거야!

6-22

네 동생 샐리가
귀엽다고 생각하나
본데…. 저 아기 좀
보라고!

저 '아기'? 누구 말이야?

아이고, 맙소사!

6-23

걔는 진짜 아기가
아니잖아!
그냥 아기 차림을
한 개라고!

응애!

6-24

방금 뭐였지?

응, 뭐가?

누가 현관문으로 나가는 소리를 들은 것 같은데….

요새 찰리 브라운 머릿속이 너무 복잡한가 봐…. 정신이 나가려고 해!

누구 털북숭이 아기 갖고 싶은 사람?

6-25

이것 봐, 앤 네 아기지 내 아기가 아니라고! 난 집에 진짜 동생이 있단 말이야!

얘한테 아기 모자를 씌운 건 바로 너잖아…. 이젠 네가 얘를 돌봐야지!

난 이제 관심 없어졌어. 다른 할 일이 많단 말이야!

넌 진짜 형편없는 엄마로구나!!

엄마!

6-26

자, 스누피, 그 바보 같은 모자 좀 벗어보자.

됐다!

휴, 바보 같은 짓거리가 끝나서 다행이야….

6-27

고아원에 들어가야 될지 아니면 동물 보호 단체로 가야 할지 확신이 안 섰는데 말이야!

그 개가 네 아이스크림콘을 핥게 해선 안 돼!

정신 나갔니? 세균을 무더기로 옮아오고 싶어? 너 대체 왜 그러는 거야?

정말 멍청한 짓거리를 하네! 나 원 참!!

자, 이제 집에 가! 아이스크림콘은 너 혼자 먹고!

난 사람보다 못한 존재구나!

6-28   SCHULZ

동생이 생기면서 난 완전히 다른 사람이 되었어….

그건 그냥 네 생각이지, 찰리 브라운…. 알겠니, 넌 그냥 '출세주의자'일 뿐이야.

넌 단지 동네의 다른 아이들에게 근사해 보이는 위치를 바라는 것뿐이라고.

사인볼 하나만 있어도 그 정도 위치는 얻을 수 있었을 거야!

6-29   SCHULZ

어휴, 내가 도마뱀이 아니어서 다행이지 뭐야.

그냥 내 할 일을 하면서 느긋하게 있는데 갑자기 웬 아이들이 나타나겠지, 훽! 그러고 나면….

병 속에 갇힌 신세가 되는 거야!

6-30   SCHULZ

동생이 생기면 내 인생이 완전히 달라질 줄 알았는데, 그게 아니었어….

사람들은 여전히 날 싫어해…. 아무도 날 정말로 좋아해주지 않아…. 내 기분은 언제나 그랬듯 여전히 우울하고….

가엾은 찰리 브라운….

이 세상의 모든 찰리 브라운 중에서도 저 녀석이야말로 제일 찰리 브라운 답다니깐!

7-1   SCHULZ

지금껏 이렇게 우울했던 적이 없었어….

흠, 내가 널 위로할 말을 안다면 좋겠어. 하지만 말이야, 찰리 브라운. 너는 도와주기가 어려운 성격이거든….

그러니까 내 성격이 너무 복잡해서 분석하기가 불가능하다는 거야?

아니, 네 성격이 너무 단순해서 분석이 불가능하다는 거지!

7-2

네 문제가 뭔지 알 것 같아, 찰리 브라운….

동생이 생긴 것에 대한 흥분과 기쁨이 가시고 나니 이제 감정적 허탈 상태에 빠진 거지.

너도 라이너스가 태어난 다음에 감정적 허탈 상태를 겪었니?

그럴 일이 없었어. 그냥 저 애를 보는 것만으로도 허탈해졌거든!

7-3

이 모든 게 그저 놀라울 뿐이야….

처음엔 아빠가 이발소를 인수하셨지, 그다음엔 결혼을 하고, 그런 뒤 내가 태어나고, 이젠 샐리가 태어난 거야.

우리 가족은 점점 커져가고 있어….

아빠 가게의 새 간판이 눈앞에 환히 그려지는군. '이발 10달러.'

7-4

※ 당시의 이발 비용은 2달러 이하였다. 찰리 브라운은 식구가 늘어나면서 생계 유지비가 많이 들 거라는 점을 암시하고 있다.

뛰어난 어깨를 가진 녀석
한번 볼래?

픽

ㅇ

저게 바로
뛰어난 어깨지!

로켓 산업이란 건 정말로 흥미로워.

날마다 먼가 새로운 것을 선보이는 듯해.

한동안 개를 올려 보내더니…. 이젠 쥐를 올려 보내고 있대.

그거 참 바람직한 경향이로군!

7-6

※ 소련에서는 라이카를 필두로 개를 우주선에 실어 발사한 반면, 미국에서는 1950년대 초에 쥐를 활용했다. 1959년부터는 원숭이와 그 밖의 동물들을 실은 로켓들이 수차례 발사에 성공하기도 했다.

베토벤은 시골에서 긴 시간 산책하는 걸 즐겼던 것 같아.

언제나 전원의 아름다운 소리들로부터 영감을 얻었지….

이 멍청아, 그 공 도로 가져와!!

7-7

베토벤이 부러워!

찰리 브라운, 너한테 동생이 생긴 걸 보고 든 생각인데 말이야….

생각해봐, 어느 집에 젊은 부부가 둘이서 쓸쓸히 살고 있는 거야.

그러다 아기가 생겨. 또 하나…. 또 하나 더 생기고…. 금세 집 안이 어린애들로 꽉 차게 되는 거야!

7-8

무슨 말인지 알겠어…. 아기란 계속 늘어나는 경향이 있거든, 오래된 잡지처럼 말이야!

누가 네 눈이 예쁘다는 얘길 해준 적 있니, 슈뢰더?

7-9

음악가들이란 눈이 예쁘다는 말을 들으면 안절부절못한다니까.

근데 우리가 아직 한 번도 샐리를 못 봤다는 거 알고 있어, 찰리 브라운?

7-10

그래, 걔는 어떻게 생겼는지 좀 말해줘.

흠, 그러니까….

긍정문 말고, 부정문으로 자세히 얘기해봐.

그래, 너랑 닮지 않은 점만 좀 얘기해달라고!

그런데 말이야, 내 여동생이 나랑 닮은 게 뭐 그리 끔찍하다는 거야?

넌 이해 못 해, 찰리 브라운….

남자애한테는 외모 같은 거 중요하지 않겠지….

하지만 여자애라면 반드시 얼굴이 예뻐야 하거든!

7-11

이 조그만 바람개비는 어디에 쓰는 거야?

땅다람쥐를 쫓아내준다고 하던데.

바람이 불면 휙휙 돌아가서 땅을 진동시키거든.

7-13

안녕, 스누피… 새 밥그릇 마음에 들어?

흥!

7-14

음, 너도 알겠지만, 이름 같은 건 언제든 지워버릴 수 있다고!

대식가

그래, 맞구나! 맞아!! 맞다고!!!

아니야, 아무래도 아닌가 봐….

그냥 티끌이었네….

한순간이었지만 면도를 해야 하는 줄 알고 기뻤는데!

7-15

뭐랄까, 난 말하자면 알기 어려운 사람인 것 같아….

내 성격은 표면에 잘 드러나지 않거든…. 진정한 나는 깊이 숨겨져 있어…. 하지만 시간을 들여서 알아갈 가치가 있는 사람이란 말이지.

달리 말하자면, 날 알고 나면 날 사랑하게 된다는 거지!

SCHULZ
7-16

✻ 휴우 ✻

?

고양이는 어떻게 떨어지든 간에 네발로 착지한다고 그러던데.

SNOOPY

SNOOPY

쿵!!

고양이에 관해 들으면 들을수록 녀석들이 싫어진단 말이야!

7-17
SCHULZ

지구에 여자가 너밖에 남지 않는 한 나랑은 결혼 안 한다고!

7-18

'않더라도'야, 아님 '않는 한'이야?

음, '않는 한'이라고 말하긴 했지.

희망이 있어!

SCHULZ

뭐하는 거야, 라이너스?

단어 외우기 카드를 직접 만들고 있어.

학교에서 쓰는 거랑 똑같아. 읽는 법을 익히는 데 무척 도움이 되지.

보오다

내가 카드를 들면 읽어봐, 네가 얼마나 잘 읽는지 한번 보자고···. 준비됐지?

'보오다'

오호!

잘했어···. 다음 카드는···.

7-19

'테이불'

좋아, 이건 어떻게 읽지?

'젓소'

훌륭해, 이젠 좀 더 빠르게 넘길게.

'종위' '문짝' '주텍' '화녕' '나이푸' '스푼'!

대단한데! 어때, 한 번 더 해볼래?

아니, 한 번이면 충분해···.

너무 마니 일꼬 나면 누니 아프단 말이야!

7-20

가끔씩 밤중에 동생이 우는 걸 들으면 내 마음이 찢어질 듯 아파!

이 세상은 고통으로 가득한데 동생은 너무도 순수하단 말이야.

순수라니? 걘 그냥 배가 고픈 거야, 찰리 브라운!

그 말을 들으니 더 우울해지는걸….

7-21

이 세상은 혼란에 빠져 있는데 내 어린 동생은 굶어 죽어가고 있다니!

나 원 참!

날마다 신문은 끔찍한 소식들로 가득해!

7-22

우리 샐리가 이런 세상에서 자라는 꼴을 보긴 싫어!

너무 어두운 면만 보지 마, 찰리 브라운…. 밝은 면을 보라고. 나아진 점들을 생각해봐.

그 애가 컸을 때쯤엔 메이저 리그가 세 개 있을 거란 말이야!

※ 메이저 리그에는 내셔널 리그와 아메리칸 리그 두 가지가 있다. 1959년에 컨티넨털 리그의 신설이 제안되어 1961년에 시작될 예정이었으나, 기존 리그들이 확장되면서 그 계획은 무산되었다.

넌 현실에 안주해도 괜찮겠지, 라이너스….

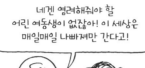
네겐 염려해줘야 할 어린 여동생이 없잖아! 이 세상은 매일매일 나빠져만 간다고!

살인, 강도, 교통사고, 협박 같은 온갖 사악한 일들 말이야!

개를 걷어차는 사람들도 빠뜨리지 마…. 사람들은 항상 개를 걷어차거든….

7-23   SCHULZ

내 생각에 세상은 이제 훨씬 나아졌다고, 그러니까 한 5년 전보다는 말이야.

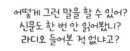
어떻게 그런 말을 할 수 있어? 신문도 한 번 안 읽어봤니? 라디오 들어본 적 없냐고?

어떻게 그렇게 서서 이 세상이 더 나아졌다고 할 수 있어?

이젠 내가 세상에 있으니까!

7-24   SCHULZ

그래, 너 보기엔 세상이 나아지고 있다는 거지?

흥, 이 세상이 나아져 간다고 그리 확신한다면 넌 어째서 그 담요에 매달리게 된 거지?

한 방 먹었네!

7-25   SCHULZ

너희 둘 왜 그리 심각한 얼굴로 거기 서 있는 거야?

7-27

우린 미래가 두려워!

특별히 두려울 이유라도 있니?

아니…. 그냥 모든 게 다 두려워!

그래, 우리의 두려움은 아주 오지랖이 넓다고!

네가 부러워, 스누피…. 넌 아무런 걱정거리도 없으니까!

이 세상의 미래에 관해서건, 인플레이션에 관해서건, 뭐든 걱정할 필요가 없지!

7-28

내 다음 식사는 누가 주려는지 모르겠네!

이런, 얼굴이 뭐 이래!

7-29

멀리 떨어져서 볼 때가 훨씬 잘생겼는걸!

남들에게 진정으로 신경 써주는 방법을 배우고 싶어….

너보다 불운한 사람들에게 신경을 쓰고 싶다는 얘기니?

아니, 나보다 운이 좋은 사람들에게 신경 쓰고 싶다는 거야.

그 사람들을 내 수준으로 끌어내리고 싶다고!

찰리 브라운, 우린 네 조언이 필요해….

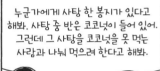

누군가에게 사탕 한 봉지가 있다고 해봐. 사탕 중 반은 코코넛이 들어 있어. 그런데 그 사탕을 코코넛을 못 먹는 사람과 나눠 먹으려 한다고 해봐.

상대방이 코코넛 사탕도 다른 사탕과 마찬가지로 받아들여야 하는 걸까, 사실은 사탕 주인도 코코넛을 싫어해서 처치해버리고 싶어한다는 혐의가 있는데도 말이야?

내게 도덕적 문제를 해결할 능력이 있다고 말한 적은 없는데!

내가 크면 말이야, 위대한 자선가가 되고 싶어!

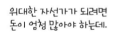

위대한 자선가가 되려면 돈이 엄청 많아야 하는데.

누군가 다른 사람의 돈으로 위대한 자선가가 되고 싶어!

이것 좀 들어봐, 찰리 브라운….

이 세상에는 곤충이 무려 67만 종 있대!

우와!

8-3

안심해, 꼬마 친구. 넌 혼자가 아니야!

도대체 라이너스는 어디 있지? 이러다 영화 시작 시간에 못 맞추겠어!

신발끈을 끊어먹어서 다른 끈을 찾아보려고 집에 갔어.

아무래도 아빠의 사냥용 장화 끈을 빼온 모양이야….

8-4

가자, 준비 다 됐어!

어제 우리 동생이 무슨 재롱을 떨었는지 좀 들어볼래?

솔직히 말할게, 찰리 브라운. 나한텐 그런 것보다 더 따분한 얘기도 없어!

걱정 마, 너한테는 애초에 얘기할 생각도 없었으니까!!

8-5

펜슬팔 친구에게,
이젠 너 말고는 모두가 아는 사실 같은데,
나한테 여동생이 생겼어.

너한테 좀 더 빨리 편지를 썼어야
했지만, 요새 엄청 바빴거든.
동생 이름은 샐리야. 우린 그 애를
좋아하고 그 애도 우릴 좋아해.

아 참!

어찌 보면 나한테는 좋은 경험이었어.
아주 많은 것들을 배웠거든.
변함없는 찰리 브라운이.

SCHULZ   8-9

이 바보야!

멍청이!! 얼간이!!! 돌대가리야!!!

쟤가 네 말을 들었을 것 같니?

분명 들었을걸….

모욕은 허공에 대고 외쳐야 더 멀리까지 전해지는 것 같거든!

레모네이드를 좀 만들었어, 스누피….

네가 제일 먼저 맛보게 해줄게….

알았어, 설탕을 좀 더 넣어야겠다!

가끔은 아침에 일어나면 아주 묘한 기분이 들어….

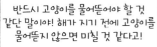

반드시 고양이를 물어뜯어야 할 것 같단 말이야! 해가 지기 전에 고양이를 물어뜯지 않으면 미칠 것 같다고!

하지만 숨 한번 깊이 들이쉬고 나면 모든 걸 싹 잊어버리지….

이거야말로 소위 진정한 성숙이란 거겠지!

8-13   SCHULZ

난 도무지 개를 이해하지 못하겠어!

오래된 뼈다귀 따위를 왜 그리 좋아하는지 모르겠단 말이야….

스누피는 저 뼈다귀를 몇 달 동안 갖고 있었는데, 한번 씹어보는 꼴도 못 봤다고!

8-14

저 녀석은 골동품이란 말도 못 들어봤나?

SCHULZ

8-15

☀어휴☀

SCHULZ

이런, 네가 우울해하는 건 예전에도 봤지만 이렇게까지 우울해 보이는 건 처음이네!

난 쥐새끼야!

난 형편없어! 내가 혐오스러워!!

방바닥에 앉아서 퍼즐을 맞추는 중이었는데 내 동생이 기어와서 퍼즐을 망가뜨려 버렸어. 난 걔한테 소리를 질렀어. 걔는 울음을 터뜨렸고…. 난 형편없는 놈이야!

걔한테 소리 질러선 안 됐는데…. 걔는 아기일 뿐이잖아…. 너무 괴로워!

네 기분이 어떤지 알아, 찰리 브라운…. 라이너스도 한때는 아기였다는 걸 잊지 말라고…. 나도 그런 경험이 있었어…. 나도 너랑 똑같이 느끼곤 했다니까.

야! 네가 읽고 있는 거 내 만화책 아니야?

몇 번이나 얘기해야 해, 내 물건에 손대지 말라고?!

또 내 만화책 읽다가 들키기만 해봐라, 국경 밖까지 쫓아버릴 테다!

…하지만 난 극복해냈다고!

이 돌멩이들은 내 억눌린 감정들을 쏟아버리기 위한 거야.

마음속이 너무 갑갑해지면 그냥 여기서 공터로 돌멩이를 던져 넣지!

안녕, 멍청이 찰리 브라운!

가끔은 내 자신이 일종의 공터인 것처럼 느껴져….

8-17

이게 그냥 평범한 돌무더기 같지, 응? 천만에, 아니야!

8-18

이 돌멩이들은 분노가 폭발할 때 던질 것들이야! 난 정말로 화가 나면 있는 힘껏 돌을 던진다고!

그런데 오늘은 내 기분이 제법 좋아서 말이야.

이건 조지 워싱턴에 대한 온갖 모욕들에 먹이는 한 방이야!

이건 어린애들을 미워하는 사람들한테! 이건 개를 걷어차는 사람들한테!

이건 '분노의 여름밤'에! 이건 추운 겨울 아침에! 이건 거짓말과 깨진 약속들에!

8-19

혹시 너도 신청할 거 있니?

※ 분노의 여름밤 : 1950~60년대에 인종 갈등으로 발생한 일련의 소요들을 가리키는 말.

이 돌멩이들은 분노가 폭발할 때 던지려고 특별히 준비한 거야!

그 돌들을 다 던져버리고 나면 저기 가서 다시 주워 오는 거니?

8-20

그렇지…. 난 같은 돌멩이들을 몇 번씩 다시 쓰거든….

필터로 걸러내는 것과 비슷하다고도 할 수 있지!

이건 시장을 미워하는 사람들한테! 이건 주지사를 미워하는 사람들한테!

8-21

그건 베토벤을 싫어하는 사람들한테 던져!

좋았어! 이건 베토벤을 싫어하는 사람들한테!

생각해보니 돌팔매질은 해결책이 아니었어….

사람은 자제력을 키우는 법을 배워야 해….

바보가 아닌 이상 어떻게 공터에 돌을 던져 넣는다고 자기 문제가 풀릴 거란 생각을 하겠어!

8-22

네 장비들은 다 어디 있어, 찰리 브라운? 네 야구 글러브랑 방망이랑 다 어디 갔다고?

나 오늘은 시합 못 해!

?

무슨 소리야, 오늘은 못 한다니?!

말 그대로야⋯. 오늘은 시합 못 한다고! 따로 할 일이 있단 말이야!!

하지만 해야지, 찰리 브라운⋯. 넌 우리 팀 감독이잖아!

형편없는 감독이긴 해도 어쨌든 우리 팀 감독인걸!

우린 네가 필요해!

어쩔 수 없어⋯.

넌 시합을 해야 돼, 찰리 브라운!

해야 돼! 해야 돼!

도저히 이해를 못 하겠네!

난 이해가 돼!

넌 이해된다고? 네가 언제부터 그렇게 이해심이 깊었어?

이해심의 문제가 아니야.

휴우

그저 옛날부터 흔했던 얘기인 거지!

이 문제로 입씨름해봤자 소용없어. 나도 시합에 끼고 싶지만 불가능하다고!

엄마가 나더러 샐리를 유모차에 태워서 밀고 다니랬단 말이야. 난 그렇게 할 거고! 그렇게 해야 한단 말이야!

흠, 바로 저런 헌신이 인간의 도덕성을 길러준다는 점은 인정해야겠지.

...시합에서 패배하게 만들기도 하고 말이야!

8-24

걔가 어쨌다고?

찰리 브라운이 오늘 우리 팀 감독을 못 하겠대. 동생을 유모차에 태워서 밀고 다녀야 해서 말이야!

그게 사실이야?!!

저 애 눈을 마주 보질 못하겠어!

8-25

쟤가 만족스러우면 좋겠네!

마지막이자 가장 중요한 시합 직전에 우리 팀 감독을 빼앗아갔으니 말이야!

고작 그놈의 유모차를 타고 다녀야 한다는 이유로! 그래, 아~주 만족스럽길 바라!

이 세상에 나온 첫해에 벌써 죄책감이란 걸 갖게 되다니!

8-26

저기서 우리 야구팀이 난도질을 당하고 있네….

8-27

… 그리고 감독인 난 여기서 팀의 패배를 지켜봐야만 하지. 난 뛸 수가 없으니까!

그런데 어째서 못 뛰냐고? 내 동생의 유모차를 밀고 다녀야만 하니까!

SCHULZ

모두가 날 미워해!

내야수를 전진시켜서, 홈으로 들어오는 주자를 잡도록 해봐….

5분쯤 뒤에 다시 이리로 올게….

맙소사!

8-28

동생의 유모차를 밀고 동네를 돌면서 팀에게 지시를 내려야 했던 감독은 역사상 나밖에 없을 거야!

휴우

SCHULZ

그래, 시합은 어떻게 되어가?

아직 희망이 있어, 찰리 브라운. 하지만 우린 네가 필요해! 그 정도면 샐리를 충분히 밀고 다닌 거 아니야?

네 말이 옳아! 샐리를 집에 데려다 놓고 얼른 돌아올게. 그리고 시합에서 승리하는 거야!

8-29

달려, 친구!

SCHULZ

난 찰리 브라운의
동생이 정말 좋아….

어쩌면 나랑 얘한테 먼가
공통점이 있는 것도 같아….

다만 그게 먼지를 잘 모르겠어….

저거야!

8-30

이 주변에서 네발로 걷는 법을
아는 건 나 말고 쟤뿐이라고!

미안하지만 더 이상은 못 밀어줘, 샐리. 우리 팀을 패배로부터 구하러 가야 하거든.

8-31

기다려, 친구들! 여러분의 믿음직스런 감독이 나가신다!!

인생이란 게 이렇게 드라마틱할 줄은 미처 몰랐어….

SCHULZ

우리 친구 찰리 브라운이 온다!

동생을 밀어주는 일이 끝났나 봐!

마침 대타로 나가기 딱 좋은 때 왔군, 친구! 덕분에 시합에서 승리하겠어!

잊지 마, 친구야, 우리 너만 믿는다고!

영웅이 되는 거야, 우리 친구 찰리 브라운!

실패하면 다시는 얼굴 내밀 생각도 하지 마!

9-1
SCHULZ

영웅이 될 절호의 기회야!

명청이 역할은 이제 지긋지긋 하다고….

9-2

이젠 영웅의 시간이다!

원 스트라이크!

맙소사!

SCHULZ

누가 너더러 야구를 할 줄 안다고 한 거야?! 넌 세계 최악의 야구선수야! 아무짝에도 쓸모없어! 끔찍한 녀석!

이런, 우리 집 다 왔네….

아, 그러네….

아, 걱정 마…. 난 아직 갈 길이 좀 남았으니까 너랑 교대할게.

누가 너더러 야구를 할 줄 안다고 그래? 넌 아무짝에도 쓸모가 없어! 쓸모없는 정도가 아니라고! 최악 그 이하야! 넌….

내 인생 최악의 상황이야…. 정말로 바닥을 쳤어!

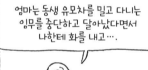

엄마는 동생 유모차를 밀고 다니는 임무를 중단하고 달아났다면서 나한테 화를 내고….

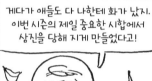

게다가 애들도 다 나한테 화가 났지. 이번 시즌의 제일 중요한 시합에서 삼진을 당해 지게 만들었다고!

갑자기 확 늙어버린 기분이야….

나한테 인생은 너무 힘들어….

태어난 그날부터 혼란스럽기만 했어.

문제는 모두 우리가 너무 빨리 인생 속으로 내던져지기 때문인 것 같아…. 미처 준비도 안 되었는데.

뭘 바랐던 건데…. 워밍업을 할 기회?

이봐, 난 그 시합에 참여하기 위해 아주 많은 것을 희생했어!

난 동생 유모차를 밀어주기로 되어 있었잖아.... 엄마가 나한테 화났단 말이야!

하지만 난 우리 팀을 위해 그런 거라고! 이해하겠니? 우리 팀을 위해 나를 희생했단 말이야! 이해하겠어, 루시? 응?

9-10

새들은 저렇게 하늘을 날아다니면서 무슨 생각을 하는지 몰라!

SCHULZ

지난 며칠간은 무척 우울한 기분이었어, 샐리....

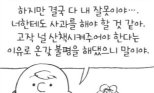

하지만 결국 다 내 잘못이야.... 너한테도 사과를 해야 할 것 같아. 고작 널 산책시켜주어야 한다는 이유로 온갖 불평을 해댔으니 말이야.

어쩌면 너랑 내가 형제자매로서 단결하면 이 망할 세상을 헤쳐갈 수 있을지도 몰라! 어떻게 생각하니?

9-11

그런 의미에서 건배!

귀뚜라미가 앞날개 일부를 비비면서 귀뚤귀뚤 소리를 낸다는 거 알고 있었니?

아니, 난 뒷다리를 쓰는 줄로 알았는데....

대중의 오해란!

9-12

SCHULZ

예날 같았으면 이런 상황에 대해 전사를 그의 방패에 실어 집으로 나르는 것이라고 했겠지!

연을 일단 공중에 띄우면 말이야, 찰리 브라운, 도로 끌어내리는 데는 전혀 문제가 없는 거야?

그 문제에 대해서는 지금까지 전혀 걱정할 일이 없었어.

오늘 하늘이 정말
예쁜 파란색이지, 라이너스?

저기 좀 봐….
저보다 더 고운 걸 본 적이 있니?

이건 내 작은
장난감 농장이야.

여기에 헛간을 놓고,
여기에 집을 놓아야지….

그리고 이 작은 나무는
여기 놓는 게 좋겠다.

이 멍청한 연!
확 짓밟아버린다!

난도질해주겠어!

걷어차 버린다고!

연을 띄웠네!

넌 순 돌대가리야!

넌 바보야! 항상 바보였고 앞으로도 계속 바보일 거라고!

사기꾼, 거짓말쟁이, 멍청이!

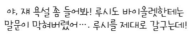

야, 쟤 욕설 좀 들어봐! 루시도 바이올렛한테는 말문이 막혀버렸어…. 루시를 제대로 갈구는데!

넌 딱 얼간이같이 생겼거든! 아니다, 생각해보니 그보다는 원숭이를 더 닮았네!

좀 들어보라니까…. 쟤가 욕하는 게 내가 아니라서 천만다행이지 뭐야…. 나라면 도저히 감당 못 했을 거야!

확실히 대단하긴 하네…. 그건 부정하지 못하겠어.

하지만 저 둘의 거리가 좁혀질 때까지 한번 기다려봐….

넌 아무 짝에도 쓸모없는 고자질쟁이 염탐꾼 돼지꼬리 유인원이잖아!!!

9-20

접근전에서는 아무도 루시를 못 이긴다고!

흠! 이번 가을의 첫 낙엽이군….

첫 낙엽이 용감한 도약을 시도했어! 맨 먼저 고향을 떠난 낙엽! 제일 먼저 새로운 세계로 뛰어든 낙엽이야!

9-21

그리고 제일 먼저 죽게 될 낙엽이지!!

9-22

안녕, 낙엽!

휴, 내가 만약 낙엽이라면 저렇게 고향을 떠나고 싶어 안달하진 않을 텐데….

나라면 익숙한 나무에 최대한 오래 붙어서 버틸 거라고!

9-23

봤지, 헛똑똑아? 이게 무슨 꼴이냐고?

낙엽들은 미친 것 같아!

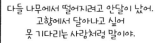

다들 나무에서 떨어지려고 안달이 났어. 고향에서 달아나고 싶어 못 기다리는 사람처럼 말이야.

쳇, 내가 만약 낙엽이라면 절대로 나무에서 떨어져 나오지 않을걸! 징징 짜고 엄살 피우면서 불쌍한 척해야지….

9-24

나무 전체가 나 때문에 쩔쩔매겠지!

SCHULZ

내가 만약 낙엽이라면 절대 나무에서 떨어지는 꼴은 안 보일 거야!

목숨 걸고 매달려 있어야지! 누가 떨어뜨리러 올 때까지 나무에 머무를 거야!

누가 온다고 해도 온힘을 다해 끌어내려야 할걸! 걷어차고 소리치며 있는 힘껏 싸울 거니까!

9-25

정말 형편없는 낙엽이 되겠군!

SCHULZ

흠! 그 많은 잎들 중에 똑똑한 녀석이 적어도 하나는 있었다니 다행이네!

9-26

계속 버틸 만큼 영리한 녀석을 보게 되어서 기쁜걸!

!

휴우

SCHULZ

자, 먹어…. 그렇게 의심스러워하지 말고!

먼 놈의 개가!

우적 우적

9-28

점점 아무도 믿지 않게 되어가는 것 같아.

인간 노릇을 제법 잘할 수 있겠는데!

조심해!!

9-29

흥! 결국 일 저질렀네! 램프를 깨뜨리고 말았잖아! 게다가 순전히 네 탓이라고!

어쩌면 사회 탓으로 돌릴 수 있을지도 몰라!

맨날 사악한 계모들 얘기뿐이야!

9-30

이런 동화에 나오는 계모들은 항상 사악하게 그려지지!

이게 무슨 의미인지 알겠니?

먼데?

계모들에 대한 맹목적인 비난이라고!

새집 잘 만들고 있니, 찰리 브라운?

그게, 내 목공 솜씨가 형편없거든. 못도 똑바로 못 박지, 톱질도 똑바로 못 하지, 게다가 계속 판자를 쪼개버려….

난 정신 사납고 자신감 부족에 멍청하고 몰취미한 데다 디자인 감각이란 게 전혀 없다고….

10-1

그래, 이 모든 걸 고려한다면 제법 잘되어가고 있는 셈이지!

10-2

샐리가 걷기 시작하려면 얼마나 더 있어야 할 것 같아?

나 원 참! 뭐가 급하다고 그래? 한동안 기어 다니게 내버려둬! 독촉하지 말고!

쟤는 아직 시간이 충분하잖아….

10-3

일단 두 발로 서고 그다음 걷기 시작하면, 꼼짝없이 종신형을 선고받은 거라고!

새 담임선생님이 마음에 든다고, 라이너스?

찰리 브라운, 난 이 세상 최고의 선생님을 만났어! 정말 보석 같은 분이야!

흐음

전미교육협회에서 이렇게 훌륭한 산물을 내놓을 줄은 정말 생각도 못 했다니까!

10-5

너랑 '오스마 선생님'이란 사람 얘기는 뭐야? 오스마 선생님이 대체 누군데?

우리 담임선생님이야…. 그분은 날 이해하셔!

10-6

그분이 천재거나, 아니면 신입 교사인 거겠지.

오스마 선생님은 날 좋아하시는 것 같아.

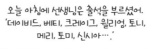

오늘 아침에 선생님은 출석을 부르셨어. '데이비드, 베티, 크레이그, 윌리엄, 토니, 메리, 토미, 신시아….'

10-7

그러고는 이렇게 부르셨지. '라이너스' 바로 그렇게 부르셨다니까…. '라이너스' 내 이름을 제대로 딱 부러지게 불러주셨다고….

오스마 선생님은 날 정말로 좋아하시나 봐!

넌 항상 모든 걸 오버한다니까!

선생님을 좋아하는 건 괜찮아. 하지만 숭배하는 건 안 된다고!

숭배한다고 한 적 없는데….

다만 그분이 딛는 땅바닥까지도 너무 좋다고 했을 뿐이야!

10-8

오스마 선생님도 그저 인간일 뿐이란 말이지…. 글쎄, 난 그 이상이라고 생각해!

좋은 선생님이라면 다 그렇겠지만, 그분은 자신의 소명에 대한 헌신으로 타오르는 성령의 손길을 내면에 품고 있다고!

10-9

훌쩍

울어서 미안, 하지만 방금 그 말은 내가 듣기에도 평생 가장 감동적인 연설이었거든….

아, 오스마 선생님, 아뇨, 오스마 선생님.

그런 말씀은 하지도 마세요, 오스마 선생님…. 제발요, 오스마 선생님!

도저히 못 봐주겠네! 진짜 못 봐주겠어!

SCHULZ   10-10

쩝쩝

우물
우물
우물

쩝쩝

손이란 정말
놀라워!

내 손이 좋아….
내 손은 멋진 것
같아….

내 손은 아주 표정이
풍부하다고 생각해….

이 두 손이 언젠가 위대한 업적을 이루어낼지도 몰라….
이 두 손이 언젠가는 놀라운 일을 해낼지도
모르지!

이 두 손이 거대한 다리를 만들고, 환자를 치료하고,
홈런을 치고, 영혼을 뒤흔드는 소설을 써낼지도 몰라!

이 두 손이 언젠가는
운명의 방향을 바꿔놓을지도
모른다고!

네 손에 젤리 묻었네!

여기 믿음직스러운 개가 등교하는 아이들을 따라간다….

아이들이 전부 학교에 들어갈 때까지 믿음직스러운 개는 밖에 앉아서 지켜본다….

믿음직스러운 개가 학교 바깥에 드러누워 수업이 끝나길 기다린다….

10-12

믿음직스러운 개는 갑자기 이런 건 시간 낭비라는 걸 깨닫는다!

SCHULZ

네 담임선생님이 정말로 좋은 모양이구나, 라이너스?

그분은 좋은 선생님이야, 찰리 브라운…. 아냐, 단지 좋은 선생님 정도가 아니야…. 위대한 인물이셔!

10/13

아니, 좋은 선생님이자 위대한 인물 그 이상이야….

오스마 선생님은 좋은 선생님이고 위대한 인물인 데다 인형처럼 예쁘다고!

SCHULZ

선생님한테 드릴 꽃이니, 라이너스?

오스마 선생님한테 뇌물을 드린다고 해서 뭐가 달라지진 않을걸….

뇌물이라니? 이건 뇌물이 아니야….

10-14

그보다는 미래를 위한 투자라고 하는 게 낫겠지!

SCHULZ

라이너스가 그러는데 오늘 오스마 선생님이 담요에 대해 강력히 비난하셨대.

어린애가 담요를 끌고 다니는 건 미숙함의 증거이고, 자기는 결코 그런 꼴을 참아줄 수 없다고 말이야!

10-15

우와!! 그렇다면 녀석은 자기 담요랑 오스마 선생님 중 하나를 선택해야 하겠네, 그렇지?

오스마 선생님이 누군데?

10-16

갑자기 피리 부는 사나이가 된 기분인걸!

네 말이 옳은 것 같아, 찰리 브라운….

10-17

하지만 달리 생각해보면, 우리는 아주 조심스럽게 판단해야 돼….

'목욕물을 버리려다 갓난아기도 내버리는' 상황은 없도록 주의해야지.

이런 표현을 써서 미안해….

내가 아는 사람에게 이런 일이 생기면 항상 충격을 받게 마련이지….

라이너스! 저녁 식사야! 엄마가 얼른 들어오래…

알았어, 이 도로만 다 만들고 바로 갈게….

엄마가 지금 바로 들어오라고 했다니까, **지금 당장!**

휴우 시 당국에 반항할 순 없지!

10-19
SCHULZ

죄악과 치욕에 희생되는 건 항상 어린애들이지!

이 세상에 뭔가 잘못이 생길 때마다 고통받는 건 우리 아이들이라고!

10-20

그래, 개들도 마찬가지지…. 개들도 고통을 받고말고!

고마워!

SCHULZ

"그리하여 왕은 자신의 소원을 이루었다…."

"왕이 만지는 모든 것이 금으로 변하게 된 것이다! 그리고 다음 날…".

그만! 더 안 읽어줘도 돼! 다음에 어떻게 될지 나도 잘 알아.

10-21

저런 일엔 항상 일종의 역효과가 나타나게 마련이거든!

SCHULZ

10-22

SCHULZ

내 평생
이렇게 화나는 일은
처음이야!

핼러윈 가면을 사러 가게에 갔는데
가면이 다 떨어졌대!

더 주문하진
않을 거래?

흥!
무슨 소리
하는 거야?

10-23

벌써부터 크리스마스 장식을
하느라고 난리던데!

SCHULZ

가끔은 밤중에
잠을 깨어 누운 채
나는 왜 태어난 걸까
생각해보곤 해….

10-24

나는 왜 이 세상에 나온 걸까?
여기서 뭘 하고 있는 걸까?

그러다 갑자기 깨닫곤 하지….

정말이지 나도
전혀 모르겠다는걸!

SCHULZ

10-26

너 도대체 뭐하는 거야?

보면 몰라?

한 해가 지나고 또다시 우리 모두가 '호박 대왕'에게 편지를 보낼 때가 됐잖아. 핼러윈에 뭘 받고 싶은지 말이야.

'호박 대왕'은 어린애들을 사랑한다고.

지금쯤 그분은 장난감으로 가득한 자루를 갖고 호박밭에서 걸어 나오고 있을 거야!

핼러윈이 다가오네, 찰리 브라운!

'호박 대왕'한테 편지를 썼어. 나한테 뭘 가져다주면 좋겠는지 말이야….

아직도 편지를 안 썼다면 서두르는 게 좋을 거야, 찰리 브라운!

10-27

아, 난 이맘때가 정말 좋다니까! 모두가 기쁨과 선의에 넘치는 모습이야!

10-28

모두 다 모여 밖에 나가서 호박 캐럴을 불러야 하는 게 아닐까?

…그리고 핼러윈 밤이 되면 '호박 대왕'이 호박밭에서 걸어 나오지….

이 세상의 모든 착한 아이들에게 장난감을 가져다주려고 말이야!

너 돌았구나!

맘대로 생각해. 네가 산타클로스를 믿듯이 난 '호박 대왕'을 믿을 거라고.

10-29

있잖아, 무엇을 믿는지는 중요한 게 아니야. 진지하게 믿는다는 게 중요한 거지!

이제 바로 내일 밤이야, 라이너스….

넌 그냥 집으로 걸어가서 초인종을 누르고 '선물 줄래, 혼나 볼래?'라고만 말하면 돼!

그거 합법적인 거 맞지?

당연히 합법적이지!

10-30

알았어…. 폭동에 가담했다는 혐의를 받기는 싫거든!

야, 너 도대체 왜 그래?

호박을 죽일 거라는 말은 안 해줬잖아!

10-31
SCHULZ

속았어! 아기랑 멍청한 개한테 속았다고!

걔가 나한테 뽀뽀하는 동안 개 녀석이 담요를 잡아챘지! 세상에 이럴 수가!

생각해볼수록 화가 나네!

난 그 담요를 되찾아야 해!

뭐라고요, 누가 오셨다고요? 스포크 박사님께서? 직접이요?

스포크 박사님이 오직 우리를 만나기 위해서 여기에 오셨다고요?

스포크 박사님이 바로 우리 집 현관문 앞에 와 계시다는 말씀이죠?

11-1

동물 보호 단체의 그 친절한 남자분도요? 그분도 와 계신다고요?

흠, 핼러윈이 지나가 버렸네….

그러네.

'호박 대왕'이 너한테 멋진 선물 많이 가져다줬니?

11-2

야, 입 다물어!

나 좀 봐…. 난 '호박 대왕'이시다!

핼러윈이 되면 난 호박밭에서 나와 모든 아이들에게 장난감을 가져다주지!

이봐, 라이너스! 넌 그분에게 장난감을 얼마나 받았니?!

하 하 하 하 하!!!

11-3

난 거짓 이론의 희생양이 되었어….

샌드위치 남은 거 줄까, 스누피?

내가 벌써 반은 먹었는데…. 상관없지?

11-4

좋아, 너 먹어….

나 자신의 구차함이 지긋지긋해!

이 담요는 나에게 좋은 보험 상품에 맞먹는 안정감을 제공해주지.

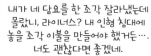

내가 네 담요를 한 조각 잘라냈는데 몰랐니, 라이너스? 내 인형 침대에 놓을 조각 이불을 만들어야 했거든…. 너도 괜찮다면 좋겠네.

이런 세상에!

내 연금보험에 빵꾸를 내놨잖아!

아무래도 난 너무 많은 것에 신경을 쓰는 모양이야….

어쩌다 듣는 사소한 얘기 하나하나에 속이 상하는 것 같아.

뭐랄까, 정신적 울타리 같은 걸 세워야겠어. 짜증 나는 내용은 아예 머릿속에 들어오지 않도록….

말뚝 울타리는 안 돼…. 페인트칠하기가 엄청 힘들단 말이야!

히힛! 여기 올라와 앉으면 먼 곳까지 훤히 보이거든!

대륙 전체가 보이는 것 같아!

온 세상이 다 보인다고!

옆집 마당까지 훤히 내다보이지!

알았지, 그만해!!

메에롱!!

메롱, 메롱, 메롱, 메롱!

나한테 한 번만 더 그래 봐, 확 때려줄 거야!

넌 날 못 때려, 라이너스. 난 여자애니까! 메에롱!!

흥, 두고 봐, 그래도 너한테 돌팔매질은 할 수 있거든! 돌멩이가 어딨지? 적당한 돌멩이를 찾기만 해봐라….

멈춰! 여자애한테 돌멩이를 던지면 안 돼! 너 정신 나갔니?

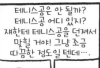

테니스공은 안 될까? 테니스공 어디 있지? 쟤한테 테니스공을 던져서 맞힐 거야! 그냥 조금 따끔한 정도일 텐데….

안 돼, 테니스 공을 던져서 맞히는 것도 안 돼!

타구공은 안 될까?

안 돼! 여자애는 그 무엇으로도 때리면 안 된다고! 여자애를 때린다는 건 생각조차 해선 안 될 일이야! 생각 만으로도 실제 그러는 것만큼 나쁘다고!

쟤한테 맞받아 '메롱'해주는 건?

안 돼, 그렇게 하는 것도 안 된다고!

그럼 널 때려주는 건 괜찮겠지?

11-8

난 크면 시골 의사 선생님이 될 거야….

흥! 네가 시골에서 사는 꼴이 훤히 보인다!

시골에서 살 거라고는 말하지 않았어….

스포츠카로 시내에서 통근할 거라고!

난 크면 겸손하고 소박한 시골 의사가 될 거야.

시내에 살면서 말이야, 매일 아침 일어나서 내 스포츠카를 몰고 시골로 출근해야지!

그러고 나서 사람들을 치료해주는 거야…. 주변 몇 마일 안의 모든 사람들을 치료해줄 거야!

난 세계적 유명인사인 겸손하고 소박한 시골 의사가 될 거야!

나 오늘 주사를 맞아야 했어.

진짜? 어휴, 난 주사 맞는 게 정말 싫은데!

하지만 내가 의사가 된다면 아무래도 달라지겠지….

내 인생 최초로 주사바늘 반대편에 있게 될 테니까!

네가 의사라니! 쳇! 웃기지도 않아!

넌 절대 의사가 못 돼! 왜 그런지 알아?

너한텐 인류애가 없잖아, 그게 이유야!

난 인류를 사랑해…. 인간들을 못 견딜 뿐이야!!

11-12

의사가 되려는 야심이 있다니 멋지다, 라이너스….

물론 8년이란 공부하면서 보내기엔 긴 시간이지, 하지만….

8년 이라고?

11-13

맙소사!

아무래도 난 프로 풋볼 선수가 되어야 겠어! 야, 그 공 이리 패스해! 하이크! 하나, 둘, 셋! 얼른 그놈의 공 달라니까!!

※ 하이크 : 풋볼에서 공격할 때 센터가 공을 다리 사이로 쿼터백에게 전달하는 동작.

빈 병 보증금도 못 받는다니 어이가 없네!

11-14

SCHULZ

※ 1957년에서 1960년까지 소련에서는 '스푸트니크'라는 명칭의 인공위성을 여럿 발사하였다. 여기서는 '스푸트니크'를 인공위성의 대명사처럼 사용하고 있다.

넌 정말 다정해, 스누피….
너한테 입 맞춰주고 싶긴 하지만,
물론 그렇게는 못 하지.

털북숭이
면상의
저주야!

11-16

혹시 베토벤이
300점 만점을
딴 적이 있니?

볼링에서 말이야?
맙소사, 내가 그걸
어떻게 알겠니?!

베토벤에 관해서는
네가 권위자인 줄 알았는데?

베토벤
탄신일까지
앞으로 겨우
28일!

시간이 다
어디로 가버렸담?

11-18

개의 삶은 고독하지….

고양이들은 우릴 미워해…. 말들은 우릴 짓밟고…. 야생동물들은 우릴 경멸하지….

11-19

휴우

인간들이 있어서 다행이야!

상냥한 미소는 어떤 사람이든 더 나아 보이게 하는 것 같아.

11-20

네 말이 옳아…. 정말로 상냥한 미소보다 더 매력적인 것도 없지.

물론 제정신으로 짓는 미소에 한해서 말이야.

당연하지.

당연하지, 개한테는 친절하게 대해줘야 하는 거야.

난 항상 동물에게 친절해야 한다고 믿어왔어….

11-21

우리는 애완동물을 행복하게 해주기 위해서 최선을 다해야 해….

하지만 이건 좀 너무하잖아!!

슬슬 집에 가서 샤워를 할 시간이네….

온몸을 깨끗이 하려는 거니, 픽펜?

음…. 난 이제 샤워에 그렇게 큰 기대를 하지 않아.

먼지를 가라앉히는 정도만 되어도 만족해야겠지!

안녕, 픽펜…. 오늘은 평소와 달리 아주 깨끗해 보이네.

흠, 그게 문제야, 찰리 브라운….

지금이야 깨끗하지만 그게 얼마나 갈진 나도 모르거든….

!

내가 무엇과 맞서 싸우고 있는지 알겠지!

정말 놀라워!

지금 난 완벽하게 깨끗해. 하지만 그냥 집 밖으로 잠시 발을 내딛기만 해도….

이런!

알겠니? 난 먼지가 꼬이는 자석 같다고!

픽펜한테 들러붙은 흙먼지가 어느 과거 문명에서 온 건 아닐까 하는 생각 안 해봤어?

얘한테 얼마나 잔뜩 먼지가 들러붙었나 좀 봐….

어쩌면 쟤 몸의 흙 일부는 고대 바빌론에서 온 건지도 몰라.

그런 생각을 해보면 나한테 좀 더 정중하게 대하고 싶어지지 않니?

11-26

생각 좀 해봐…. 머나먼 땅의 흙먼지가 이리로 날아와 픽펜의 몸에 붙은 거야!

상상만 해도 아찔해지지! 쟤 몸에 붙은 흙은 솔로몬 왕이나 네부카드네자르, 칭기즈칸이 밟았던 것인지도 모른다고!

！

그거 정말이지?

갑자기 왕족이 된 기분인걸!

11-27

불쌍한 픽펜 녀석….

쟤 몸에 고대 문명의 흙먼지가 붙어 있을지도 모른단 말이지….

11-28

역사가 내 눈앞을 스쳐 지나가는군!

너한테 사과를 해야 할 것 같아, 픽펜…. 요새 내가 널 너무 놀려댔지.

하지만 내가 뭐라고 널 놀리겠어? 넌 지저분한지도 모르지, 하지만 적어도 개성이 있잖아!

난 어때? 머저리지! 그렇다니까! 머저리! 완전 머저리라고! 머저리로 태어나 머저리로 죽겠지!

날 한번 보라고…. 이게 바로 역대 최고 머저리 챔피언의 모습이니까!

그 말이 도무지 생각 안 나네….

너라는 사람을 명확히 묘사해주는 말이 하나 있었는데 말이야, 찰리 브라운, 그게 뭐였는지 생각이 안 나지 뭐야….

'머저리'?

바로 그거야!

이것 봐, 나한테 굳이 머저리라고 말할 필요 없어!

내가 머저리인 건 나도 알아!

어머, 그렇다면 너한텐 아직 희망이 있네, 찰리 브라운….

내면의 머저리를 인식하는 것, 그게 바로 머저리다움으로 가는 첫걸음이라고!

'머저리다움'?

나 같은 머저리를 대체 누가 좋아할 수 있겠어?!

좌절하면 안 돼, 찰리 브라운….

이 세상 어딘가에 너만큼 머저리인 여자가 있을지도 모르잖아…. 그 여자랑 결혼하면 되겠네.

그러고서 머저리 아이들을 잔뜩 낳아서 키우는 거야. 걔들이 자라나면 다른 머저리 아이들과 결혼할 테고, 그러면….

12-3

으아아악!

야, 너 여기서 뭐하는 거야?

집에 가버려! 여기서 얼쩡대는 거 싫어! 애초에 누가 여길 지나가라고 했니? 아무도 안 그랬잖아! 집에나 가!

있잖아, 찰리 브라운은 뭔가 좀 이상하다니까…. 웃는 꼴을 좀체 볼 수가 없잖아!

12-4

그 사람 대단해, 진짜야…. 정말 대단하다고!

지난여름에 그 사람이 야구공을 얼마나 세게 쳐냈는지 기억 안 나?

하지만 말이야, 진짜 볼만한 건 그 사람이 풋볼 공을 걷어찰 때라고!

그냥 가만히 운동이나 하고 동물들은 좀 내버려두면 안 될까?

SCHULZ   12-5

※ 속어로 horsehide(말가죽)는 야구공을, pigskin(돼지가죽)은 풋볼 공을 가리킨다. 전통적으로 해당 공의 겉을 씌우는 소재였기 때문이다.

있잖아, 네가 그 멍청한 담요를 질질 끌고 다니는 꼴을 보면 얼마나 역겨운지 이루 말할 수 없을 정도야!

멍청한 담요라니…. 이 담요는 여러 가지로 쓸모가 많다고.

흥! 웃기지도 않네! ……
누난 그냥 상상력이 모자란 것뿐이야.

난 상상력이라면 차고 넘치는걸…. 하지만 쟤가 돌았다는 걸 아는 데 상상력 같은 건 필요도 없지!

이 세상 많고 많은 남동생들 중에 어째 쟤가 내 동생이 됐담!

흠, 너도 인정 해야만 되겠는데. 네 동생이 또 한 건 했어!
응?

라이너스가 또 한 건 해냈다니까…. 직접 가서 보지 그래.

편지 서두는 이렇게 하자고…. '산타 할아버지께, 즐거운 여름 보내셨길 바라요….'

무슨 뜻이야, '즐거운 여름'이라니?

알잖아…. 여름휴가 말이야. 산타클로스도 여름휴가는 갔다 올 거 아니야.

아마도 어디 가서 푹 쉬거나 골프를 치거나 스쿠버다이빙 같은 걸 하겠지…. 그렇지 않을까?

왠지 모르겠지만 스쿠버다이빙을 하는 산타클로스 모습은 도저히 상상이 안 돼!

12-7

근데 말이야, '산타 할아버지께'라는 말은 좀 딱딱한 것 같아….

어쩌면 좀 더 친근한 말이 나을지도 몰라…. 뭔가 은근히 다정하게 느껴지는 거….

12-8

이건 어때, '뚱보 할배에게'?

SCHULZ

12월 16일에 무슨 일이 있어야 하는지 알아?

이 나라 모든 신문에 전면 광고가 실려야만 해. 베토벤의 생일을 축하하는 광고 말이야….

텔레비전에서 화려한 공연도 보여주고, 베토벤 얼굴을 러시모어 산에다 새기는 거야!

12/9

그거 좋은 생각인데, 루시….

고마워…. 내가 크면 홍보회사에서 일해야 할까 봐!

SCHULZ

※ 러시모어 산 중턱에는 미국의 전 대통령 네 명의 두상이 새겨져 있다.

슈뢰더, 난 단지 내가 네 편이란 걸 알아줬으면 해!

베토벤 생일을 대중에 널리 알리는 데 내가 분명 도움을 줄 수 있을 거야.

어쨌든 엄청 중요한 날이니까….

12/10

무엇이든 간에 베토벤에게 가장 좋은 일을 해야만 한다고!

SCHULZ

12-11

12월 16일이 베토벤 생일이라는 거 알고 있었니?

아니, 몰랐는데….

그래, 이젠 알았겠네!

SCHULZ

주목! 주목!

12월 16일은 베토벤의 생일입니다!

주목! 주목!

SCHULZ

12-12

다섯 시네…. 개밥 챙겨줄 시간이다.

자, 스누피…. 네 밥 여기 있어.

야, 저녁 식사다! 저녁 식사야!

저녁 식사! 저녁 식사! 저녁 식사다!!

야! 그만 좀 해! 정신 차리라고!

와, 저녁 식사! 저녁 식사야!!

그래, 저녁 식사라고!

만세, 만세, 만세, 저녁 식사다! 저녁 식사야!! 저녁….

그래, 먹어!

나 원 참!

식사시간을 유쾌하게 만들려는 게 뭐가 문제람?

슈뢰더, 내가 해낸 홍보 작업을 들으면 뿌듯해질걸!

내가 아는 모든 사람들에게 이번 수요일이 베토벤 생일이라고 말해놨어….

생각 좀 해봐, 이 나라 전역에서 사람들이 모여 건배를 들며 생일 축하 노래를 부를 거라고….

'생일 축하합니다, 카를 베토벤!!'

아이고!

이것 봐, 루시, 너도 알아야 할 것 같은데 베토벤의 이름은 카를이 아니라고…. 그건….

아, 이제 날 헐뜯겠다고? 엉? 내가 널 위해 그렇게 애를 썼는데! 길거리를 돌아다니고 집집마다 초인종을 누르고….

수백 명의 사람들에게 말을 걸어 베토벤 생일 이야기를 전달했다고!

근데 내가 그에 대해서 감사의 말이라도 들었나? 천만에! 그저 비난만 받았을 뿐이지!!!

맙소사!

슈뢰더, 어제 성질을 내서 미안해….

내가 원래는 착한 아이라는 걸 보여주고 싶어서, 베토벤한테 생일 축하 노래를 불러주러 왔어. 너랑 같이 말이야…. 괜찮지?

생일 축하합니다…. 생일 축하합니다…. 사랑하는 로렌스….

로렌스?!

생일 축하합니다!!!

산타 할아버지께.

할아버지가 아이들 각자의 행실에 따라 선물을 나눠준다는 걸을 한번 생각해봤는데요….

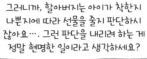

그러니까, 할아버지는 아이가 착한지 나쁜지에 따라 선물을 줄지 판단하시잖아요. 그런 판단을 내리려 하는 게 정말 현명한 일이라고 생각하세요?

착한 게 뭐죠? 나쁜 건 뭐고요? 과연 우리가 다른 인간에게 '넌 나쁘고 난 착해'라고 말할 수 있을까요? 제 생각엔….

나 원 참!

12-17

할아버지가 주시는 선물 문제를 좀 더 얘기해보자면 말이죠….

만약 할아버지가 어떤 아이에 대해 너무 '나빠서' 선물을 하나도 못 주겠다고 판단한다면, 그 아이의 부모도 단정 지어버리는 것이 아닐까요?

12/18

그리고 그 아이의 부모를 단정 지어버린다면 나머지 가족들, 경우에 따라선 죄 없는 형제자매들에 대해서도 단정 지어버리게 되는 거겠지요?

다시 말해, 산타 할아버지, 제가 형제자매 때문에 고통을 받아야 하는….

아하!

SCHULZ

네가 저 편지에 뭐라고 쓰려는 건지 다 들었거든! 알고 보니 정말 착한 동생이지 뭐야!

12-19

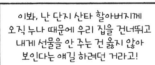

이봐, 난 단지 산타 할아버지께 오직 누나 때문에 우리 집을 건너뛰고 내게 선물을 안 주는 건 옳지 않아 보인다는 얘길 하려던 거라고!

산타 할아버지가 누나에 대해 일 년 내내 나쁜 아이였다고 생각한다 해서 나까지 고통받아야 하냔 말이야?

날 쳐다보지 마…. 난 그냥 서기일 뿐이라고!

SCHULZ

그렇다니까…. 남자의 완성은 긴 바지라고!

자, 나 어때 보여?

괜찮네…. 네가 흰 셔츠를 입은 건 반년 만에 처음 보는데!

크리스마스 행사에서 네가 낭독할 부분 다 외웠다고 확신하니?

그냥도 외웠고, 거꾸로도, 비스듬하게도, 뒤집어서도 외웠어! 잠자면서도 외울 수 있을걸!

아, 그래? 난 작년을 기억하거든…. 네가 프로그램 전체를 망칠 뻔했잖아!

흥, 작년은 작년이고 올해는 올해야! 이번엔 안 까먹는다고!

"천사가 말했다. '두려워하지 마라. 나는 너희에게 기쁜 소식을 전하러 왔다. 모든 백성들에게 큰 기쁨이 될 소식이다.'"

오, 제법 잘하는데….

내가 외웠다고 그랬지…. 난 속담에 나오는 코끼리처럼 기억력이 좋다고!

교회 앞으로 가 있을게…. 이따 거기서 봐.

12-20

"…나는 너희에게 기쁜 소식을 전하러 왔다. 모든 백성들에게 큰 기쁨이 될 소식이다." 대단한 기억력이야!!!

어떻게 된 거야? 방금 나간 거 아니었어?

그랬지, 하지만 돌아왔어….

교회가 어디였는지 까먹었어!

너의 그 산타클로스 편지 얘긴 이제 지긋지긋해!

네가 나랑 산타 사이를 이간질할 수 있다고 생각하나 본데, 천만에! 산타는 여자애들에게 아주 너그럽다고!

아, 그래?

그렇다니까! 여자아이들은 남자애들보다 훨씬 더 용서받을 확률이 높다고!

왜 그렇게 생각하는데?

왜냐면 우린 너무 귀여우니까!

찰리 브라운, 산타클로스가 정말로 자기 일을 잘 안다고 생각해?

12-22

그렇겠지…. 어쨌든 간에 그 일을 오래 해왔으니까.

바로 그 점이 걱정된다는 거야….

어쩌면 이젠 더 젊은 사람에게 일을 넘겨야 할지도 몰라!

너랑 라이너스 아직도 싸우는 중이니?

아니, 난 그런 종류의 일은 방지해야 한다는 철학을 가지고 있거든.

내겐 오랜 시간을 거쳐 증명된 굳건한 철학이 있어. 비전문가에게는 이해하기가 좀 어려울 수도 있지만….

나의 철학은 고난과 투쟁의 포화 속에서 정제되고 다듬어졌다고….

12-23

'나도 살고 남도 살리자!'

우와!

왜 그래? 눈이 오니?

12-24

물론이야, 눈이 오고말고!

바깥이 새하얗게 어두워!

SCHULZ

어떤 개들은 하루 종일 대기하고 있다지. 우체부를 물어뜯을 기회만 노리면서.

난 그런 일에 관심을 가진 적이 없지만….

게다가 난 절대로 우체부를 물어뜯을 생각조차 안 할 거야. 우체부는 크리스마스카드를 전해주잖아!

12-25

어휴! 난 왜 이렇게 유치한 거지?

Merry Christmas

SCHULZ

? ? 킁 킁 킁

아하! 피자 냄새가 난다 했더니!

으 으 으 으 으 으음

휴우 나라면 입도 안 다물고 단번에 24인치 피자를 먹어치울 텐데!

SCHULZ 12-26

넌 나약해, 넌 얼간이야, 넌 멍청하고 지루해!

더 이상 무슨 말을 해줄 수 있을지 모르겠네….

내 생각엔, 찰리 브라운, 단지 네 단점들이 네 장점들보다 무거운 거라고!

내가 말한 것을 보여줄 방법이 있으면 좋겠는데….

알았다! 네가 자신을 있는 그대로 볼 수 있도록 내가 시각적으로 재현해줄게!

이 판자는 고르게 균형이 잡힌 인격을 의미해…. 자, 이 판자 한쪽에 네 모든 장점들을 상징하는 이 자갈을 올려놓을게.

판자의 다른 쪽에는 너의 수없는 잘못들을 가리키는 이 바윗돌을 올려놓을게…. 자, 어떻게 되나 봐.

12-27

쿵! 붕!

네 곁에 내가 있어서 이런 문제들을 시각적으로 보여준다니 완전 행운 아니야?

그래, 엄마가 이렇게 추운 날씨에 그걸 밖에다 걸어두어선 안 되었단 얘기지?

12-28

엄마가 네 담요를 빨아준다는 게 다행인 줄 알아야지!

그게 꽁꽁 얼어버릴 줄 엄마가 어떻게 알았겠냐고?!

요새 다들 너무 신경질적이야.

누구에게 말을 걸든 안절부절 못한다는 느낌을 받아….

12-29

그렇지 않니, 스누피?

아아악!

찰리 브라운, 내년에는 완벽한 사람이 되겠다고 결심해야 돼….

12-30

완벽? 세상에, 완벽한 사람이 어디 있다고! 대체 나한테 뭘 기대하는 거야?

넌 그렇게 될 수 있어. 노력만 한다면…. 정말이라니까!

좋아, 루시. 네가 날 그렇게 믿는다면 나도 노력해볼게! 이 자리에서 내년에 완벽한 사람이 되겠다고 결심할게!

네가? 완벽?! 하! 하! 하! 하!

넌 나약해,
넌 못생겼어,
넌 멍청해, 넌….

야, 잠깐만!
이제 겨우 아침 여덟 시라고….
너무 일찍부터 날
헐뜯어대는 거 아니야?

12-31

어쩔 수 없어,
찰리 브라운….

너한텐 결점이 너무 많아서
일일이 열거만 하려 해도
하루 종일 걸린다고!

넌 맨날 남들을
쫓아다니며 새해
결심을 하라고
귀찮게 굴잖아!

왜 새해 결심은 1월 1일에
바로 해야 한다는 거지?
5월 16일이나
9월 23일에 해도 되잖아?

1/1

왜 1월 1일이냐고?

그게 깔끔하잖아!

그래,
이렇게 새해가
시작되었군….

하지만 나한테 뭐 달라진 게 있나?
전혀! 난 그냥 똑같은 개라고!

하루가 가고, 한 해가 가도….
전혀 달라지는 건 없지!

때로는 나의 한결같음이
놀랍다니까!

1-2

난 쟤한테 정말 큰 도움을 주고 있는 거야.

내가 어렸을 때 누가 날 위해 이런 일을 해주었다면 좋았을 텐데….

자, 라이너스…. 내가 널 위해 한 걸 좀 보라고.

네게 당장 필요하다고 생각되는 새해 결심들의 목록을 만들어봤어.

정말이야, 이 개선사항들은 네가 더 나은 사람이 되도록 도와줄 거야.

흠, 멋진데!

누난 정말 사려가 깊어. 이 모든 방면에 있어서 나 자신을 개선하도록 애써볼게.

이 목록을 잘 활용해야지…. 더 나아지도록 열심히 노력할 거야, 맹세해!

사실 난 벌써 더 나아지고 있는 기분인걸! 날 봐…. 나아지고 있잖아!!

하하하 하하하

하하하하 하 하ㅎ

1-3

개혁자들의 삶은 힘들어!

아기들에게 미안한 기분이 들어….

아기가 이 차가운 세상에 태어나게 되면 혼란스럽겠지! 겁이 나고!

1-4

뭔가 위로가 될 것이 필요할 거야.

내 생각엔 말이야, 아기가 태어나면 바로 밴조를 선물해야 해!

혀로 눈송이를 받아먹어 봐, 루시!

아직 너무 일러…. 난 1월엔 눈송이를 안 먹어. 항상 2월이 될 때까지 기다리지.

1-5

내가 보기엔 충분히 익은 것 같은데!

어떤 사람들은 살찌는 게 당연해 보인다니까!

맨날 먹기만 하거든! 먹을 생각밖에 안 하고!

정말 그런 것 같네!

1-6

진짜 웃기네!

응?

1-7

뭐, 그럴 수도….

내가 아는 건 저렇게 하면 화질이 나아진다는 것뿐이야!

※ 초기 텔레비전의 실내 안테나는 쇠막대 두 개가 45도 각도로 세워져 있어 '토끼 귀'라고도 불렸다.

와, 오늘 날씨 정말 끔찍하다!

이렇게 추운데 누가 학교까지 걸어갈 수 있겠어? 누가 학교로 걸어가고 싶겠냐고? 아니, 애초에 누가 등교 같은 걸 하고 싶겠어?

누가 뭘 배우고 싶겠냔 말이야? 무슨 소용이 있다고? 이 모든 게 지겨워졌어! 전부 다 짜증 나!

인생을 좀 더 재미나게 만들려면 떠벌이는 게 최고지!

1-8

1-9

알았어! 저녁 식사 시간이라 이거지!

저녁 식사 때란 건 나도 알아! 이 프로그램만 끝나면 바로 챙겨줄게!

그러니까 이제 얌전히 앉아서 텔레비전이나 보라고….

휴우

미래에 대해 깊이 생각해본 적 있니, 라이너스?

그럼…. 항상 생각하는걸.

넌 크면 뭐가 되고 싶은데?

미친 듯이 행복한 사람!

화면이 지직거리네…. 오른쪽 귀 좀 들어봐.

좀 더 똑바로 앉아봐…. 그러면 될 것 같아.

오른쪽 귀 더 움직여봐, 왼쪽 귀는 아래로 낮추고….

그래!!! 바로 그거야! 이제 그대로 있어!

어휴

메롱!

우리 엄마는 날 TV 안테나가 되라고 키운 게 아니란 말이야!

라이너스, 이건 인간의 심장을 그린 거야!

한쪽은 미움으로, 다른 쪽은 사랑으로 채워져 있어….

이 두 감정은 끝임없이 서로 싸우고 있지….

누나 말 무슨 뜻인지 알겠어…. 둘이 서로 싸우는 게 느껴져!

루시가 그러는데 우리 심장이 반은 미움으로, 반은 사랑으로 채워져 있대.

그리고 미움과 사랑이 항상 우리 안에서 싸운다는 거야…. 다투고, 갈등하고, 투쟁하고….

조용!

루시, 내 심장이 사랑과 미움으로 반씩 갈라져 있는 거 싫어….

내 심장 전체가 사랑이면 좋겠다고!

잘됐네, 라이너스…. 그러면 그냥 한쪽으로 몸을 살짝 기울이면 돼.

알겠지? 이젠 사랑이 미움을 휩쓸어 덮쳐버리게 될 거야!

아이고!

난 점심 먹으러 집에 갈 거야, 스누피. 내 눈사람 좀 대신 지켜줘…. 아무도 손 못 대게 해!

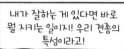

내가 잘하는 게 있다면 바로 뭘 지키는 일이지! 우리 견종의 특성이라고!

이 눈사람을 동서남북 사방의 적으로부터 지켜내겠어! 이 눈사람을 아래쪽과…

위쪽으로부터….

넌 정말 아무것도 할 줄 모르는구나, 그렇지?

스누피, 넌 자신이 따분한 녀석이라고 느껴본 적 있니?

네가 무슨 말을 해도 사람들이 따분해한다고 느꼈던 적 있어?

네가 뭘 하든 다들 조금도 관심이 없다고 느꼈던 적이···.

1-18

SCHULZ

쿨

넌 바보야, 찰리 브라운!

대체 내가 왜 너랑 얘기하느라 시간을 낭비하나 모르겠네!

에 취!

1-19

SCHULZ

나 비난에 알레르기가 생긴 모양이야!

나 다른 사람이랑 어딜 못 가겠어. 상대방은 거의 항상 날 싫어하거든···.

두 사람과 같이 있게 되면 내가 등을 돌릴 때마다 둘이서 내 흉을 보는 것처럼 느껴져···.

그리고 세 사람과 같이 있을 때면 사실은 그중 아무도 날 원하지 않는다는 기분이 들어···. 아마도 그래서 내가 항상···

1-20

SCHULZ

혼자인가 봐!

겨울에만 눈이 온다는 건 아쉬운 일이야….

여름에 눈이 온다면 바깥에 좀 더 오래 있으면서 눈을 더 많이 즐길 수 있을 텐데….

흠, 내가 한 가지만 말해줄게.

네 멍청함은 점점 더 심해지는 것 같네!

눈송이를 보면 기분이 좋아져…. 수백만 개의 눈송이가 땅 위로 가볍게 떨어지는 광경 말이야.

게다가 듣자 하니 눈송이는 하나하나 전부 다르게 생겼다던데!

하나하나가 각각 완전히 다르게 생겼다고….

최후의 완강한 개인주의자들이로군!

웩!

염소 맛이야!

1월은 아직 안 끝났다고…. 1960년은 이제 막 시작된 거야!

동생을 설득해봐야겠어! 반드시!

라이너스, 아직은 새해 결심을 할 시간이 있어. 그 담요를 포기하겠다고 말이야.

누나 말이 맞다는 건 나도 알아! 이걸 포기하겠다면 바로 지금이 제때인 것 같아!

1-24

그래, 이걸 당장 내던져버리겠어. 담요랑은 이걸로 완전히 끝이야!

내 말은 하나도 믿으면 안 돼!

첫! 계란 껍질을 깜박했잖아!

오스마 선생님이 우리한테 오늘 계란 껍질을 가져오라고 하셨거든…. '이글리'를 만들 거야.

이글리?

복수형이야, 찰리 브라운….

하나면 이글루, 둘이면 이글리지!

맙소사! 계란 껍질을 또 깜박했어!

오스마 선생님이 엄청 화내실 거야! 우리한테 계란 껍질을 가져와서 작은 이글루 마을을 만들자고 하셨는데….

오스마 선생님은 수업에 대해 매우 진지하셔서…. 선생님이라고 불리는 것조차 마땅치 않아 하신다고….

교육자라고 불리는 게 더 좋대!

와! 진짜 엄청나게도 진지하시네!

그래, 오늘은 계란 껍질 잊지 않고 가져왔니, 라이너스?

오늘 아침에 일어나자마자 마음속으로 이렇게 다짐했어. '엄마가 아침 식사를 만들 때 계란 껍질을 챙겨달라고 해야지!'

그래서?

근데 오늘 아침은 차가운 시리얼이었어!

내가 오늘 또 계란 껍질을 깜박했다고 말씀드렸더니 오스마 선생님이 정말로 속상해하셨어…

얼굴이 창백해져서는 책상에 고개를 떨구셨다니까…. 내 생각엔 약간 눈물까지 흘리신 것 같아.

가엾은 오스마 선생님…. 몸이라도 아파지시면 안 되는데….

예전엔 미처 몰랐는데 말이야, 학교 선생님이란 정말 섬세한 기구인 것 같아!

1-28

…아멘!

1-29

그리고 제발, 오스마 선생님이 쓰러지지 않도록 해주세요.

이것 봐, 찰리 브라운! 마침내 계란 껍질을 잊지 않고 챙겨왔어!

그래, 오늘 아침엔 내 머리가 제대로 작동했다니까! 이제 오스마 선생님도 우리한테 이글루에 대해 가르쳐주실 수 있겠지….

1-30

오늘은 토요일이야!

SCHULZ

너랑 너희 선생님이랑 계란 껍질 얘기 대체 뭐야?

오스마 선생님이 우리더러 학교에 계란 껍질을 갖고 와서 이글루를 만들자고 하셨거든. 근데 내가 자꾸 까먹어서···. 선생님이 엄청 화나셨어.

딱 너답네. 시계 장치처럼 규칙적으로 모든 걸 까먹는 사람은 너 말고 또 없다니깐!

2-1

아마도 난 기계적 정신을 가졌나 봐!

불쌍한 오스마 선생님···.

오늘도 계란 껍질을 까먹고 학교에 갔지 뭐야···. 한순간 선생님이 기절하시는 줄 알았다고!

2-2

정말 화가 나셨나 보네?

당연 하지!

선생님이 손에 분필 토막을 들고 계셨는데, 그게 분질러지면서 무슨 소총 사격 같은 소리가 났다고!

불쌍한 오스마 선생님···.

매일 점점 더 짜증을 내셔···. 아무래도 너무 걱정이 많으신 모양이야.

교사 회의에, 보고서 작성에, 운동장 순찰에, 학부모 면담에···.

···그리고 계란 껍질.

그래, 계란 껍질도! 휴우

2-3

루시가 그랬지, 내가 내일 또 계란 껍질을 까먹지 않도록 도와주겠다고….

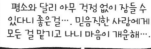
평소와 달리 아무 걱정 없이 잠들 수 있다니 좋은걸…. 믿음직한 사람에게 모든 걸 맡기고 나니 마음이 개운해….

쿨

계란 껍질 잊지 말라고!!

무슨 일이 있었는지 맞혀봐, 찰리 브라운!

내가 드디어 계란 껍질을 기억했어! 학교에도 제대로 가져갔고. 그런데 말이야….

오스마 선생님이 떠났어!!! 사표를 내셨다고! 결혼하실 거래!!!!

계란 껍질 문제는 더 심오한 고민의 표출일 뿐이란 걸 난 진작에 알았다니까!

너 도대체 뭐하고 있니?

오스마 선생님께 결혼 축하 선물을 보내드리려고….

오, 아주 사려 깊은 행동이야, 라이너스. 뭘 보내드리려고 하는데?

계란 껍질 한 상자!

2-4

2-5

2-6

좋아, 너 이 프로그램 충분히 봤지. 이젠 내 프로그램 좀 봐야겠다!

틱

아아악!

진짜 못 참겠어!

2-7

누나 때문에 미치겠네!

어떻게 저런 누나랑 같이 살란 말이야?!

못 참아! 정말 못 참는다고!

으아아아아아!

찌익   찌익

세상에….

누나 때문에 내 옷까지 찢어버렸잖아!

아침에 행복한 기분으로 잠을 깨는 건 좋은 일이지….

2-8

땅바닥에 눈이 쌓였고 밖이 살짝 쌀쌀하다는 건 알지만, 그래도 삶이란 기본적으로 즐거운 거야. 비록 나 자신의 운명은….

? SNOOPY

망했지만!

SCHULZ

맙소사! 고드름 때문에 개집 안에 갇히다니!

꼼짝이라도 했다간 고드름이 떨어져서 날 찔러죽이겠지!

난 죽기 싫어! 죽기엔 너무 젊다고! 너무 착하고!

2-9

죽기엔 난 너무 **나답단** 말이야!!

SCHULZ

고드름 때문에 개집에 갇혀버리다니 어이가 없네!

확 달아나버릴까 봐! 그냥 여기서 휙 빠져나가면 될 거야!

그냥 일어나서 바로 뛰어나가면 되겠지!

2-10

아무래도 남은 평생 여기 누워 있을까 봐!

SCHULZ

2-11

상황이
안 좋네,
그치?

끔찍해!

너도 그런
얘기 들은 적
있니?

아니,
무슨 얘기
말이야?

내가 듣기론 고드름이 큰 소리 때문에
떨어지기도 한다던데….

정말
이야?

난
망했어!

안녕하세요, 동물 보호 단체죠?
조언이 필요한데요…. 개집 위로
고드름이 떨어지기 전에
개를 끄집어낼 방법이 있을까요?

좋아하는 음식을 갖다놓고
나오게 해보래….
도저히 거부할 수 없는 음식 말이야.

2-12

'비에이라의 피자 배달 가게'
전화번호가 뭐였지?

동물 보호 단체 사람이
하라고 말한 그대로
해보는 거야….

2-13

쿵
쿵
쿵

?

휘릭

쾅!

피자 덕분에
살았어!

세상에!

이것 봐, 찰리 브라운! 오스마 선생님이 보낸 편지야!

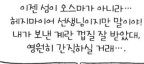

이젠 성이 오스마가 아니라… 헤지마이어 선생님이지만 말이야! 내가 보낸 계란 껍질 잘 받았대, 영원히 간직하실 거래….

2-15

그리고 우리 반 아이들 모두 보고 싶대. 하지만 그중에 누가 제일 보고 싶다셨는지 알아? 나라고!!

쿨

쿨

2-16

쿨 쿨 쿨 쿨 쿨 쿨

넌 클래식 음악만 연주하는 걸로 아는데, 맞지, 슈뢰더?

혹시라도 여기 있는 내 어린 동생을 위해 자장가를 연주해줄 생각은 없겠지?

2/17

그래, 전혀!

그럴 줄 알았어. ♬ 휴우 ♬

피이잇!!

2-18

※ 라이너스는 중간(medium)이라고 말해야 할 것을 평범(mediocre)으로 잘못 말했다.

밖에 나가면 큰일 나! 얼어 죽을 거라고!

그러지 마, 찰리 브라운! 그러지 말라니까!!

정말 고집 하나는 엄청난걸!

도무지 포기할 줄을 몰라….

저러는 게 항상 옳은 일일지는 잘 모르겠지만 말이야….

이런…. 포기할 모양이야. 맞아! 들어오려고 하네!

내가 문을 열어주는 게 좋겠어…. 도움이 필요할 거야.

으으으!

네가 옳았어…. 연 날리기엔 밖이 너무 추워!

2-21

SCHULZ

넌 나약해!
해파리가
따로 없어!

넌 멍청하고 얼빠졌고 무식한 데다
웃기게 생겼어!

불쌍한 찰리 브라운….
저 암고양이들이 또 너한테 발톱을
갈아댄 모양이구나, 그치?

그래, 난 일종의
정신적 스크래처거든!

세상이
폭발해버릴까 봐
두려웠던 적 없니,
찰리 브라운?

2·23

때에 따라 다르지….
오늘이 무슨 요일이야?

화요일.

흠, 화요일에 난 보통
개인적인 문제들을
걱정하거든….

목요일쯤 되어야 세상이
폭발하는 문제를 걱정할 수 있다고!

멍청한 개!

지금 당장 온 세상이 폭발해버릴지도
모르는데, 넌 춤출 생각밖에 없지!

2-24

먹을 생각도
할 수야 있지만,
아직은 시간이
너무 이르단
말이야!

네 문제는 말이야, 인간을 충분히 존경하지 않는다는 거야.

인간이 아니었다면 너희 개들은 지금 여기 있지도 못했을 거라고!

이제부턴 날 존경하도록 해!!

SCHULZ

2-25

이봐, 스누피! 내가 공을 던지면 쫓아가는 거야! 알았지? 자, 간다, 스누피!

나 원 참! 내가 하기 싫은 게 있다면 무엇보다도 공을 쫓아가는 일인데!

2-26

네발 생물이 두 발 생물 뒤에 숨기란 어려운 일이지!

SCHULZ

!

덥석!

투!!

난 어쩜 이렇게 날렵한 거지?

2-27

SCHULZ

이장아, 루시….

나 드디어 취미가 생겼어!

그래, 그러시겠지!

눈송이 수집을 시작했어…. 정말 예쁜 것들은 이 상자에 골라 담았어.

눈송이를 상자에 담아둘 순 없어, 이 멍청아!

안 돼?

2-28

누나 말 생각해봤는데…. 그러니까, 눈송이를 상자에 담아둘 순 없다는 거 말이야.

내가 전부 다 풀어줬단 거 알면 누나도 기뻐하겠지!

1960

스누피!
저녁 식사야!

알았어,
저녁 안 먹을
거면 옆집
고양이한테
줘버린다!

보통은
이러면
오던데!

난 크면
사람들을
연구하고 싶어….

사람들은 흥미로워….
어디 큰 대학에 가서 사람에 대해
샅샅이 파헤칠 거야.

네 말 알겠어…. 사람들에 대해
배워서 그 지식으로 사람들을
돕고 싶다는 얘기지.

아니, 그냥 내가
참견쟁이라서!

찰리 브라운,
누가 너한테 인생을
처음부터 다시 살 수
있다고 하면 뭐라고
대답할 거야?

그러니까 내가 살아온 그대로 말이야?
아무 변화 없이?
전부 과거에 있었던 그대로?

어. 그럼 뭐라고
대답할 건데?

3/5

으아아아!

자…. 받아!

그래, 그것 갖고는 만족 못 할 줄 알았어야 하는데!

세상에! 난 뭘 좀 가만히 앉아서 먹을 수도 없어?!

왜 이렇게 맨날 들러붙어야 하는 거야?!!

일 분이라도 좀 혼자 있게 해줄 수 없니?!!!

째깍
째깍
째깍

째깍
째깍
째깍

3-6

진짜 못 말려!

기분이 안 좋아….

머리가 아프고 움직일 때마다 어지러워….

3·7

그냥 왠지 상태가 별로야….

서부에서 가장 아픈 총잡이!

나비들은 날 좋아해!

3·8

스누피, 라이너스가 이리 지나가는 거 못 봤어?

말할 때까지 간지럽힐 거야! 간질 간질 간질 간질!

으히히힉

그리로 갔다 이거지? 좋아! 나한테 말한 게 다행인 줄 알아!

난 스파이로선 꽝이야!

3·9

1960

헬리콥독을 본 건
내 평생
처음인걸!

헬리콥독이 아니지….
헬리콥터야!

3-14

내가 진짜 헬리콥터 얘길 하려는
거였으면 헬리콥터라고 말했겠지!

앞으로 며칠 동안을 또
어떻게 견뎌낼지 모르겠네!

3-15

스누피!
저녁 식사야!

3-16

덥썩!

♡— 쪼옥 —♡

담요를 왼손으로 잡아봐⋯.
그래, 그거야.

이젠 엄지손가락 물고⋯.

이게 도대체
무슨 짓들이야?!

이봐, 라이너스, 내 동생한테
담요를 붙잡고 앉아 있도록
가르칠 생각은 하지도 마!

너한테 의지할 상대가
필요하다고 해서
얘도 그래야 할 필요는
없잖아!

세상 모든 멍청한 습관 중에도 네 담요가
제일 멍청하다고! 말 그대로 습관일 뿐이야!
멍청한 습관!

얘가 안정이든 행복이든 뭐든 간에 담요에서
찾도록 가르치는 건 꿈도 꾸지 말라고!
샐리는 순전히 자기 의지력만으로 아기에서
건전한 어린아이로 자라날 거란 말이야!

얘 오빠처럼 말이야?

훗유

3-20

SCHULZ

흠, 새로운 사실을 하나 발견했어….

이 세상에서 엄지손가락 빠는 걸 완강히 반대하는 사람은 두 종류가 있지.

하나는 치과의사들, 하나는 할머니들이야.

간섭쟁이 할망구들!!

너 도대체 뭐하고 있는 거야?

우리 할머니가 또 날 괴롭히고 계셔…. 내 담요를 자꾸 숨긴다고!

그래서?

가짜 담요를 미끼로 깔아놓는 거야!

할머니가 자꾸 내 담요를 숨기려고 하시거든….

할머니를 속여 넘기려면 머리를 잘 굴려야 해….

저기 오시는 거 너희 할머니 아니야?

라이너스, 할머니가
머무시는 동안만이라도
그 담요 치워놓지 그래?

그냥 포기한 척만 하면 되잖아.
할머니는 어차피 모르실 테니까….

할머니 마음대로 하게 두는 건
별로 좋지 않은 생각 같아서….

3-24

그런 식으로 하면 어떻게
할머니가 철들 수 있겠냐고?

잘 자요,
할머니!

3-25

이런 식으로
할머니를 놀려대면
안 되는데 말이지….

그럼 너희 할머니는
이제 돌아가신 거야,
라이너스?

3-26

그래…. 이젠 내 담요를 갖고 옥신각신할
일도 없어. 말다툼할 필요도 없고….
내가 담요를 포기하도록 만들 수 있다고
굳게 믿으셨는데….

사실 할머니가 떠나는 걸 보니
아쉽더라고.

쫓고 쫓기는 게
참 짜릿했는데 말이야!

안녕, 스누피…. 안녕, 바이올렛…. 안녕, 셔미…. 세계 최고의 미인 3루수가 와줘서 기쁘다. 오셨네! 안녕, 라이너스…. 안녕, 피펜…. 안녕, 루시…. 안녕, 패티…. 안녕, 슈로더…. 잘 지냈어, 우리 투수?

흠, 다들 와준 데다가 새로운 야구 시즌을 시작할 준비도 된 것 같네. 정말 기쁘다.

오늘 비가 오는 관계로 우천 시 스케줄을 진행하려고 해…. 다시 말해 사인 연습을 해보자.

자, 훌륭한 야구팀이란 팀원들의 사인 숫자를 토대로 하게 마련이야. 올해는 사인을 간단하게 하려고 해….

내가 모자를 이렇게 건드리면 베이스에 나가 있는 주자들더러 도루를 시도하라는 뜻이야.

내가 양손을 마주치면 타자더러 때리라는 신호지만, 양손을 엉덩이에 얹으면 번트를 대라는 뜻이야.

내가 코치석 안에서 왔다 갔다 하면 타자더러 공을 보라는 신호지. 다시 말해서 볼넷을 얻으려고 하라는 뜻이야.

하지만 말이야, 이러니저러니 해도 사인만 가지고는 절대로 시합에서 승리할 수 없단 말이지….

중요한 것은 팀의 정신력이야! 선수들이 팀에게 쏟는 관심 말이야! 내 말이 맞지?

있잖아, 내 말 맞냐고?

3-27

너희가 맞아…. ✳ 휴우 ✳

때로는 인생이 내 곁을 그냥 스쳐 지나가버린 기분이야….

☀ 휴우 ☀

3-28

너도 그런 기분 든 적 있니, 찰리 브라운?

아니, 인생이 날 때려눕힌 다음 온통 짓밟고 지나가버린 것 같아!

깨지지 않는 플라스틱이라…. 멋진데.

3-29

'스니커 스낵' 회사의 여러분께,

제가 여러분 회사의 시리얼을 얼마나 좋아하는지 말씀드리고 싶어요. 매일 아침 먹고 있답니다.

이건 자발적 증언이에요.

추신 : 그게 뭔진 잘 모르지만요.

3-30

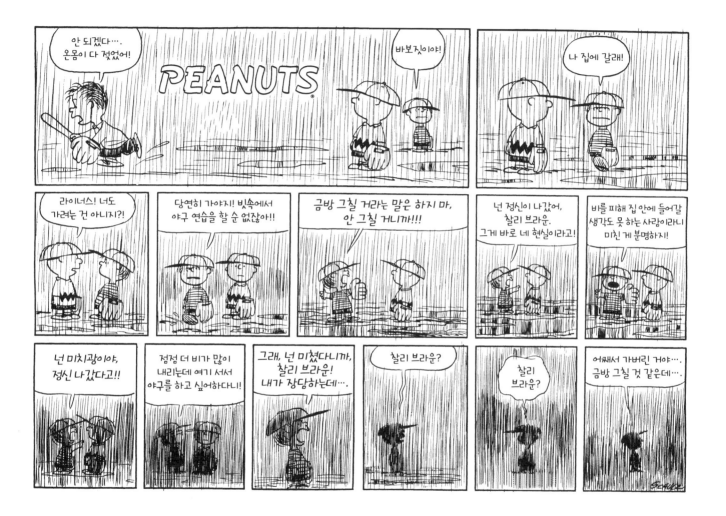

이것 봐!
도서관 회원증이야!
나 도서관 회원증
만들었어!

지식의 나라 시민권을
획득한 거야!

어쩌면 저렇게
건방질 수 있지?

대체
도서관 회원증을
만든 게 뭐 그리
대단한데?

그 의미가 중요한 거지!
도서관에서 날 믿어줬다고!
내 지적 욕구에 신뢰를 부여했단 말이야!

보답으로 난 이 도서관의 책을 읽음으로써
그들에 대한 신뢰를 보여줄 거고….
신뢰의 공동 유대라는 거지.

넌 도서관 회원증을 받은 게 아니네,
조약을 맺은 거지!

생각 좀 해봐,
찰리 브라운….
나만의 도서관
회원증이야!

잘 활용했으면 좋겠네.
네가 읽을 수 있는 책은 몽땅 다
대출해봐.

그보다는 좀 더
실용적으로 쓸 수
있을 줄 알았는데,
아닌가?

좀 더
실용적이라니?

액자에 넣어서
걸어둘 생각이었는데!

야, 네 도서관 회원증이 생겼다고 그랬잖아, 안 쓸 거야?

못 쓰겠어! 도서관에 들어가기가 무서워….

그곳 문을 열고 들어가질 못하겠어….

도서관 공포증에 걸렸나 봐!

나 원 참!

이봐, 라이너스…. 도서관이 무섭다니 무슨 바보 같은 소리야.

하지만 그곳은 항상 너무 조용하다고…. 들어가기만 하면 거대한 무덤 속처럼 발소리가 울린다니까!

게다가 안내 데스크로 다가가면 사서가 커다란 눈을 번득거리며 날 쳐다본다고. 그러고 나선….

아아악!

도서관 공포증을 치료하는 확실한 방법이 하나 있어…. 자, 네 도서관 회원증 이리 줘봐.

네게 필요한 건 약간의 자신감이야….

쿵 쿵

이제 네 도서관 회원증을 높이 들어봐. 그런 채로 당당히 도서관에 들어가라고!

자신감이 느껴지지 않니?

바보가 된 느낌인데!

공공 도서관

네 도서관 공포증을 이해할 수 있을 것 같아, 라이너스….

'도서관 공포증'이란 건 다른 정신착란 증상과 비슷해…. 넌 도서관 실내가 네게 낯설기 때문에 두려워하는 거야…. 위화감을 느끼는 거지….

4-11

누구나 위화감을 느끼게 되는 장소가 있기 마련이거든.

그래? 넌 어떤 장소에서 위화감을 느끼는데, 찰리 브라운?

지구!

SCHULZ

바보짓 좀 그만해!

자, 이제 도서관 회원증 가지고 계단을 올라가. 그리고 문으로 들어가 책을 대출해 오라고!!

4-12

누가 날 때리면 어떡해?

SCHULZ

해냈어! 도서관에 걸어 들어가서 책을 대출해왔다고!

4-13

아무것도 아니던데! 사실 전반적으로 볼 때 오히려 즐거운 경험이었는걸.

그렇고말고. 무척 즐겁고 유쾌한 경험이었어….

알다시피 난 아직 어리잖아…. 어쩌면 언젠가는 다른 책도 대출할 수 있을지 몰라!

SCHULZ

내가 펜팔에게 받은 편지 내용 좀 들어볼래?

흠, 내가 여기 서 있는 이상 좀 들어줄 수도 있겠지 뭐….

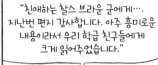

"친애하는 찰스 브라운 군에게…. 지난번 편지 감사합니다. 아주 흥미로운 내용이라서 우리 학급 친구들에게 크게 읽어주었습니다."

4-14

"우리 모두 당신이 아주 선량한 사람이며 또한 알고 지내면 유쾌할 친구라는 데 동의하였답니다."

들었지!

SCHULZ

내가 너에 대해 알아차린 점이 있는데 말이야, 루시?

내가 보니까 넌 개 옆을 지나가면서도 절대로 머리를 쓰다듬어주는 일이 없더라고.

그래서 뭐?

그냥 넌 동물 애호가가 아니란 얘기지 뭐.

그보다 더 나쁘지, 뿌리 깊은 정신질환의 징후라고!

SCHULZ 4-15

!

이 상황에서 딱 하나 문제가 있는데….

빗물이 계속 내 콧구멍으로 들어와서 눈까지 흘러든단 말이야!

SCHULZ

슈로더, 너랑 나랑 언젠가 결혼할 것 같은 느낌이 든다고 한다면 말이야, 넌 살짝 쿡 웃을 거야, 아니면 한참 깔깔거리며 웃을 거야?

모르겠는데⋯. 지금 당장 말하기엔 어려운 문제네.

4-17

슈로더, 너랑 나랑 언젠가는 결혼할 것 같은 느낌이 들어⋯.

한참 깔깔거리며 웃겠군!

쳇! 내가 정말로 드라큘라였다면 분명 저 애도 무서워했을 텐데!

4-18

4-19
이런, 이런! 픽펜이 이리로 오네.

언젠간 누가 저 녀석 주위로 판자벽을 둘러서 '즉석 모래상자'를 만들고 말 거야!

사십팔, 사십구, 오십! 자, 내가 간다…. 준비됐든 안 됐든!

4-20

쳇! 애초에 내가 왜 이 놀이를 하는지 모르겠네!

소아과 의학에 관심 있니, 찰리 브라운?

한번 들어봐…. "신생아 일부는 다른 신생아를 감염시킬 확률이 지극히 높다. 이런 아기들은 말 그대로 박테리아 구름에 감싸여 있는 상태이므로, 흔히 '구름 아기'라고 부른다."

4-21

야, 왜 날 그렇게 쳐다보는 거야?

SCHULZ

광견병 주사야.

4-22 SCHULZ

어제 광견병 주사 맞았다고 그랬지? 아팠어?

4-23

미안해…. 내가 얘길 꺼내지 말았어야 하는데.

SCHULZ

토닥
토닥토닥

으흠!

4-25

행복이란
따뜻한
강아지야….

SCHULZ

※ 'Happiness is a warm puppy'라는 문구는 「피너츠」 캐릭터 산업에서 최대 히트작이 되었다. 이 작품의 대중적 인지도를 올렸고, 비틀즈의 노래 〈Happiness is a warm gun〉 제목에 영향을 주기도 했다.

슝!

아이고 맙소사!
이젠 로빈 후드
흉내야!

스쿠버다이빙 영화를 보면 몇 주는
스쿠버다이버 흉내를 낸다고!
카우보이 영화를 보면 맨날
총소리만 들어야 하고!

등산 영화를 보면
가구란 가구에 다 기어오른다니까!

슝!

알베르트
슈바이처 박사에 대한 영화를
보여주지 그래?

SCHULZ

4-26

4-27

SCHULZ

행복이란
받아쓰기에서
만점을
받는 거지!

1960

Page 227

지금 몇 시쯤 되었을까, 찰리 브라운?

음, 아마 한 다섯 시 반 정도…. 왜?

4-28

하루 중 이 시간에 누나가 가장 까칠해지거든. 아빠는 막 직장에서 돌아왔을 테고, 엄마는 저녁 식사를 준비하실 테지.

그러니 나도 집으로 돌아가서 전반적인 혼란에 보탬이 되어야겠어!

SCHULZ

멍 멍 멍

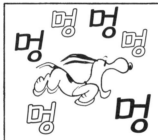
멍 멍 멍 멍 멍 멍

젠장!

이러다가 몸이라도 굵게 되면 분위기가 완전히 망가져 버린다니까!

4-29 SCHULZ

4-30

행복이란 영화를 볼 35센트, 팝콘을 사 먹을 10센트, 그리고 초코바 값 5센트라고!

SCHULZ

쿨

5-2

발걸음 소리와 수레바퀴 끽끽대는
소리 뒤로 쿠키 씹는 소리가 들렸거든!

5-3

사람들은 맨날
개 팔자가
상팔자라고
떠들어대지!

개들이란 먹고 자는 것 말고는
아무 할 일도 없다고 얘기해!

5-4

우리처럼 사는 게
최고라고 말이야….

정말
그렇다니까!

오랜 회한은
어떻게 처리하는 게
제일 좋을까?

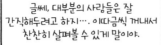

글쎄, 대부분의 사람들은 잘
간직해두려고 하지…. 이따금씩 꺼내서
찬찬히 살펴볼 수 있게 말이야.

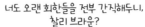

너도 오랜 회한들을 전부 간직해두니,
찰리 브라운?

물론이야…. 내 컬렉션은
손에 꼽힐 정도라고!

5/5

너랑 내가 점점 더
가까워지는 기분이야,
슈뢰더….

네가 방금 그 베토벤 곡을 연주할 때면
난 이렇게 생각하지. '정말 아름다워!'

5-6

그리고 이런 생각을 해. '얘가 베토벤을
좋아하고 나도 베토벤을 좋아한다니,
함께 나누기에 얼마나 근사한 경험이야!'

브람스
곡이었는데!

5-7

쿨

쿨

좋아, 찰리 브라운…. 어디 한번 빠르게 던져보라고! 직구로 날리는 거야!

이런, 이젠 뭘 홈플레이트로 쓴다지?

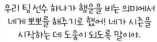

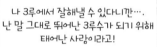

네가 올해에도 우리 팀 감독을 맡아줄 예정이라니 정말 기뻐, 찰리 브라운!

우리 팀 선수 하나가 행운을 비는 의미에서 네게 뽀뽀를 해주기로 했어! 네가 시즌을 시작하는 데 도움이 되도록 말이야.

아, 정말 고마워, 얘들아…. 난…. 음…. 그러니까….

쪽!

5-9

올해엔 나한테 3루수를 시켜주는 게 어떻겠어, 찰리 브라운?

나 3루에서 잘해낼 수 있다니깐…. 난 말 그대로 뛰어난 3루수가 되기 위해 태어난 사람이라고!

좋아, 그럼 해봐…. 한번 시도해보라고.

와, 고마워, 찰리 브라운! 정말 고마워! 절대 후회 없을 거야!

자, 이제 어디가 3루인지만 좀 알려줘….

5-10

이번 시즌엔 스피드를 강조하려고 해!

말 그대로 달리는 팀이 되도록 하자고! 도루를 하고 또 할 거야! 달려! 달려! 달려!

리그 전체에서 가장 재빠른 팀이 되는 거야! 무조건 달려, 달려, 달리는 거야! 우리 팀은….

진짜 못 참겠네!

5-11

슈뢰더가 연습에 안 오려나 봐…. 피아노 치고 있는데!

5-12

아이고, 맙소사! 하나가 해결되면 또 다른 게 문제라니까!

가끔은 얘가 뭘 제일 좋아하는 건지 모르겠단 말이야…. 야구인지 그 멍청한 피아논지….

그래, 사실이야…. 난 두 가지 열정 사이에서 갈등하고 있어!

SCHULZ

이것 봐, 그렇게 한 손 갖고 장난치는 건 이제 그만둬!

제대로 야구를 하려면 무조건 두 손으로 해야 한다고!

5-13

덥석!

SCHULZ

이봐! 이쪽으로도 공 좀 쳐 보내면 어때?

내가 피부나 태우려고 여기 나와 서 있는 줄 알아?

아, 좀! 이리로도 몇 개 쳐 보내라니까?

SCHULZ

5-14

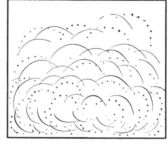

왜 내가 홈 스틸을 하려고 했을까?

왜? 왜? 왜?

5-23

왜? 왜? 왜? 왜?

어디서 비통한 절규가 들린다 싶더니….

왜? 왜? 왜? 왜? 왜?

왜 난 그냥 3루에 머무르지 않았을까? 왜 홈 스틸을 시도해야만 했던 걸까?

왜? 왜? 왜? 왜?

찰리 브라운?

너한테 전달해달라는 요청을 받았는데, 네 비통한 절규 때문에 온 동네 사람들이 잠을 못 자겠대!

5-24

왜? 왜? 왜? 왜?

SCHULZ

내가 홈 스틸을 해냈다면 영웅이 되었을 텐데…. 하지만 멍청이가 되어버렸어.

스스로 멍청이라고 생각하지 마, 찰리 브라운…. 너만 그 일을 잊는다면 다른 사람들도 다 잊어버릴 테니까.

정말로 그렇게 생각하니, 루시?

물론이지!

SCHULZ

잘 자, 멍청아!

5-25

내가 바란 건 그저 영웅이 되는 거였는데….

하지만 내가 영웅이 될 수나 있겠어? 천만에! 평생 멍청이 노릇이나 할 팔자라고!

낙심하지 마, 찰리 브라운…. 살다 보면 항상 쓴 약을 삼켜야 할 일이 있기 마련이잖아.

5-26

너한테도 상황이 매한가지라면, 굳이 내 처방전을 갱신하지 않는 게 낫겠네!

우리 팀 선수들에게,

저는 감독 자리에서 물러날 것을 고려하는 중입니다. 그리고

받아들일게!

5-27

편지라도 좀 끝내게 해달라고!

찰리 브라운, 내가 조언 하나 해주고 싶은데….

네 자신만 생각하는 한 절대 행복해질 수 없을 거야…. 남들도 생각하도록 해봐!

남들이라고? 누구 말이야? 나더러 대체 이 세상 누굴 생각하라는 거야?

베토벤!

또 시작이네!

5/28

루시….

찰리 브라운에게 받은 이 생일 축하 카드 어떻게 할 거야? 내다 버려도 돼?

5-30

안 돼, 그러지 마! 난 그런 물건들에 대해선 아주 감상적이란 말이야.

조금만 더 간직해뒀다가 내일 내다 버려야지!

SCHULZ

5-31

무슨 소리야! 안 돼!!

그래, 알았어…. 네 맘대로 먹어!

테라스에서 식사하고 싶다는 게 뭐가 잘못이람?

SCHULZ

6-1

콜레스테롤 수치를 염려하는 개라니, 저 녀석 말고는 또 없을 거야!

SCHULZ

난 밖에서 자는 게 좋더라….

이보다 더 좋은 것도 없지. 방해꾼이 없을 때 얘기지만….

6-2

위이이잉

저놈의 벌들 말이야!

SCHULZ

스누피를 개 품평회에 내보낼 생각은 안 해봤니?

어느 분야에 내보내야 할지 모르겠는걸…. 난 이 녀석 품종도 모른다고.

6-3

잡종 어때?

SCHULZ

월요일까지는 못 보겠네, 찰리 브라운….

그럼 즐거운 주말 보내.

고마워.

6-4

근데 말이야, 행복이란 뭘까?

SCHULZ

티라노사우루스 렉스! 실제 크기는 길이 15미터에 높이 6미터! 와!

모형 크기는 폭 40센티에 높이 25센티미터….

그 녀석 뼈 한번 많네.

공룡 모형이네! 이야! 내가 조립 도와줘도 돼, 루시?

그래, 그러든가….

진짜 재미있겠다…. 공룡이란 건 왠지 흥미진진하다니까.

어디 보자…. 이 발가락뼈는 이 발뼈에 이어져야 하고….

그래…. 맞아. 이 발뼈는 이 발목뼈에 이어져야겠지.

그리고 발목뼈는 다리뼈에 이어져야 하고! 맞지?

발목뼈는 다리뼈에 이어진다네…. 다리뼈는 넓적다리뼈에 이어지고!

넓적다리뼈는 엉덩이뼈에 이어지고…. 엉덩이뼈는 무릎뼈에 이어지고….

그리고 무릎뼈는 손목뼈에 이어진다네….

그리고 손목뼈는….

※ 라이너스가 부르는 노래는 흑인 영가인 〈마른 뼈들(Dem Bones)〉로, 구약성서의 에스겔서 37장에서 죽은 자들의 뼈가 되살아나는 내용을 다루고 있다.

넌 대통령이 되는 것을 고려해봐야 해, 찰리 브라운….

난 안 돼…. 난 절대 대통령 못 될 거야.

될 수 있다니까, 찰리 브라운. 다만 지금부터 계획을 세우기 시작해야 돼….

네 말이 맞을지도 몰라, 루시…. 난 아직 어리니까, 지금부터 열심히 공부하면 언젠가는 대통령이 될 수 있을지도 몰라!

네가? 대통령? 하! 하! 하! 하!!!

6-6

SCHULZ

찰리 브라운이 정말 대통령 후보가 될 수 있을 거라고 생각해?

무슨 소리야, 후보라니? 넌 정말 아무것도 몰라?

일단은 왕자가 되어야 한다고…. 그런 다음 대통령이 되는 거야!

6-7

내가 정부 상황에 대해 얼마나 모르는지 깨달을 때면 겁이 난다니까!

SCHULZ

너에 대해 생각을 좀 해봤는데, 찰리 브라운.

네가 좋은 대통령이 될지 나쁜 대통령이 될지 잘 모르겠어….

6-8

하지만 확실히 아는 게 한 가지는 있지.

난 완벽한 영부인이 될 거라는 사실!

SCHULZ

부부가 된 우리 모습이 눈앞에 선해, 찰리 브라운….

선거일 밤에 우린 나란히 텔레비전 앞에 앉아 있겠지. 네 득표수가 점점 더 늘어나는 걸 보면서….

그리고 내 옆에는 계획표가 놓여 있겠지….

계획표라니? 무슨?

6-9

백악관 실내 개조 말이야!

난 누나가 왜 찰리 브라운을 대통령으로 만들려고 안달인지 알아.

6-10

난 똑똑하거든! 누나 속셈 다 알아! 난 똑똑하니까! 난 못 속여!

누난 그냥 귀부인이 되고 싶은 거잖아!

영부인이라고 해야지.

난 항상 똑똑하게 굴려다가 멍청한 짓을 한다니까!

어쩌면 난 네가 필요 없을지도 몰라, 찰리 브라운.

왜 내가 단지 영부인이 되는 데 만족해야 하지? 나 스스로 대통령이 될 수도 있잖아?

6-11

그리고 대통령이 된 다음엔, 거기서 딱 한 발짝만 더 나아가서….

여왕이 될 거야!

이 저자가 그러는데, 아이들은 관찰력이 아주 뛰어나대.

아이들은 주변에서 일어나는 일을 어른들이 생각하는 것보다 훨씬 더 잘 파악하기 마련이래.

나도 이 사람에게 동의하고 싶어지는데, 넌 어때?

6-13

응?

SCHULZ

세상에!

우유통이 되어버렸어!

6-14

SCHULZ

내일 우리가 뭐할 건지 알아?

패티랑 바이올렛이랑 나랑 같이 소풍을 갈 거야!

6-15

비가 오지 말게 해달라고 하늘에 빌어야겠어….

'하늘에 빌다'니 신학적으로 올바르지 않은 표현이야!

SCHULZ

6-16

난 바람 부는 날이 싫어!

안정감이라니! 흥!

그 담요를 붙잡고 서 있는 꼬락서니가 얼마나 웃긴지 너도 알아야 하는데!

하지만 넌 꼬락서니가 웃기든 말든 신경 안 쓰겠지. 그놈의 안정감만 있으면….

6-17

맞아. 난 내 바보스러움 속에서 안정감을 느끼거든!

이 멍청한 벌레들 좀 봐.

이 세상이 어떻게 돌아가고 있는지 전혀 모르잖아!

이 세상이 어떻게 돌아가고 있는데?

나도 전혀 모르지!

6/8

6-20

사냥하는 장면만 나오면
난 바로 자리를 뜨지!

SCHULZ

!

6-21

SCHULZ

널 보니 걱정돼,
찰리 브라운….

그래,
그러시겠지!

아니야,
진심이야.

요즘 신체검사를 받은 적이 있니?

네 이마에 점점
살이 찌는 것 같아!

SCHULZ

6-22

6-23

SCHULZ

길바닥에 분필로
낙서하는 건
정말 재미있어.

6-24

아주 훌륭한 표현 매체야….
근사한 효과도 낼 수 있다고.

내 생각엔 미술 도구로서
템페라나 유화 물감에
맞먹는 것 같아.

물론 단점도 있긴 하지만.

SCHULZ

이거 정말
실망스럽네.

왜 그러는데?

스누피가 내 생각만큼
똑똑하진 않은가 봐….

일일이 입술을 움직이면서
글자를 읽잖아!

SCHULZ   6-25

새들이 우리가 만든 집을 좋아해줄까, 찰리 브라운?

모르겠네. 그럴 거라고 생각하고 싶지만 말이야….

좀 더 매끈한 판자가 있어야겠어…. 이 판자들 중 몇 개는 너무 거칠어.

아야!

가시다! 가시야! 손가락에 가시가 박혔어!!!

집에 가보는 게 좋겠다. 너희 엄마더러 빼달라고 해….

아플 거야! 아플 거야! 엄마가 바늘로 날 후벼 팔 거라고!!

당연히 아프겠지. 하지만 세균에 감염되긴 싫잖아, 안 그래?

아픈 건 못 참는단 말이야, 찰리 브라운!

있지, 내 말대로 해봐. 너희 엄마가 가시를 파낼 때 해적에게 고문받는 중이라고 생각해. 너더러 황금이 어디 묻혀 있는지 불라며 다그치는 거라고 말이야.

네가 얼마나 용감한지 보자고.

아약

황금이 어디 묻혔는지 말해버렸어!

우익수를 맡는 건 상관없어.

이렇게 풀이 머리 위까지 자라난 곳에 서 있는 것도 상관없고…. 정말이야.

그래, 내가 우리 팀에 최대한 공헌할 수 있는 곳이 여기라면, 바로 여기가 내 자리인 거지.

딱 하나 걱정되는 게 있다면, 공이 이쪽으로 오는 게 맞는지도 모르겠다는 거야!

6-28

히익!! 웩!! 튀!

아침 식사 전에 더러운 테니스공을 물어 와야 한다니 안 될 일이야!

널 보면 뭐가 떠오르는지 아니, 찰리 브라운?

실패자야! 네 얼굴 전체에 실패자라고 쓰여 있다고!

6-29

내 얼굴 한번 봐줘…. 아니, 아무것도 쓰진 말고!

바이올렛 말로는 내가 실패자 관상이래.

그렇다니까, 찰리 브라운! 넌 정말 그래! 네 얼굴 전체에 실패자라고 쓰여 있어!

6-30

너보다 더 실패자 관상인 사람은 본 적이 없다고….

그것도 아주 뚱뚱한 실패자 관상이지!

정말 못 참겠네!

자, 기억해둬…. 네가 지금 보게 될 것은 바로 진정한 '실패자 관상'이야!

7-1

아주 희귀한 거니까, 보게 되면 바로 인식할 수 있도록 해.

얼굴 전체에 '실패자'라고 쓰여 있는 걸 알겠니? 시간이 얼굴 선 하나하나에 새겨놓은 '실패자'의 흔적이 보여? 그리고….

얼른 꺼져!!

뭐가 문젠데, 찰리 브라운?

왜 내 동생이 너의 '실패자 관상'을 연구하게 해주지 않는 거야?

생각해봐, 이번 가을 실물 발표회 시간에 내 동생은 일어나서 얘기하겠지…. 진정한 '실패자 관상'을 본 일에 대해서 말이야!

7-2

찰리 브라운, 왜 그렇게 나무에 고개를 처박고 서 있는 건데?

※ 실물 발표회(show and tell) : 학생이 진기하거나 정해진 주제에 맞는 물건을 가져와서 앞에 나와 설명하는 수업을 말한다.

쿨

쿨 ? 실례….

나 원 참!

정말 고마워.

야구장에 너무 가까운 데 살아도 문제라니까!

예전에 사람들은 7월 4일이면 불꽃놀이를 하곤 했지….

이렇게 커다란 대형 폭죽에 불을 붙이고, 그런 다음….

발사!

그랬지, 개들은 모두 하루 종일 침대 밑에 쳐박혀 숨어 있었고 말이야!

SCHULZ   7-4

이 세상 사람들은 전부 미쳤어!

공개적 항의의 표시로 물구나무서 있어야지!

세상의 부조리에 저항하여 비통하게 절규하는 '보통 사람'의 대표자가 되겠어….

쿵 쿵

일단 저녁부터 먹고….

SCHULZ   7-5

날 좋아한다…. 좋아하지 않는다….

7/6

좋아한다…. 좋아하지 않는다…. 좋아한다….

꽃에 예언 능력이 있다니, 나로서는 믿기 어려운 얘기인걸!

SCHULZ

놀라지 마, 찰리 브라운, 하지만 공룡이 이리로 오고 있어!

뭐가 온다고?

공룡! 작은 공룡이야!

쿵 쿵 쿵

7-7

나 원 참!

쿵 쿵 쿵

이 세상의 제왕, 커다란 공룡이 나가신다!

이 세상의 제왕, 커다란 공룡이 나가신다!

7-8

으르렁

난 형편없는 공룡이야!

7-9

내가 떠나길 바라세요?

알았어요, 떠날게요!

내가 못 떠날 줄 알아요?

어디 두고 보라고요!

나도 내가 환영받지 못할 때 정도는 안다고요!

너 지금 뭐하는 거야?

짐 싸! 난 집을 떠날 거야!

흥! 이 멍청아, 넌 집을 떠나는 방법도 모르잖아!

트렁크를 쓰면 안 된다고! 집을 떠날 때는 말이야, 모든 걸 보따리에 싸서 장대 끝에 매달아야 한다고! 그게 전통이야!

자…. 내가 보여줄게. 이렇게 네 담요를 까는 거야.

그런 다음 네 물건을 전부 담요로 감싸서 장대 끝에 묶고….

이렇게 해야 집을 떠나는 소년의 전통적 이미지에 부합할 수 있다고!

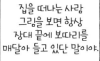

집을 떠나는 사람 그림을 보면 항상 장대 끝에 보따리를 매달아 들고 있단 말이야.

안녕! 여행 잘해!!

편지 쓰고!

저기 가는구나…. 집을 떠나는 어린 소년이….

왠지 바보가 된 기분이야!

SCHULZ

전기 읽는 건 지긋지긋해!

모든 전기는 결말이 똑같단 말이야.

책에서 다룬 인물은 항상 죽는다고!

그 대신 자서전을 읽어보지 그래?

있잖아, 어젯밤에 이상한 꿈을 꿨어….

진짜? 나도 그랬는데. 하지만 대체 무슨 내용이었는지 잘 모르겠어.

모든 게 살짝 어지럽고 흐릿했거든….

아무래도 넌 새 브라운관이 필요한 모양이야!

※ 브라운관은 구식 텔레비전에서 전기 신호를 영상으로 전환시키던 부품이다.

안녕, 개야!

7-13

저러면 안 되지…. 개는 항상 이름으로 불러줘야 한다고….

'개'라는 말이 딱히 잘못됐다는 건 아니지만….

때에 따라선 그 말의 의미가 좀 불확실할 수도 있거든!

나 만화를 하나 그렸어. 한번 읽고서 웃어봐!

별로 웃기지 모르겠는데….

내가 읽고서 웃으라고 했지!

히 히 히 히 히

이게 바로 요즘 만화가들의 고민이라니까…. 사람들이 만화를 보고도 안 웃는단 말이야!

7-14

시사만화를 그려보기로 결심했어….

모든 걸 비웃어줘야지!

무슨 말인지 알겠어, 루시…. 비웃음을 통해 정부의 잘못을 지적하고 우리의 생활을 좀 더 낫게 만들고 싶다는 거지.

7-15

아니, 그냥 모든 걸 비웃고 싶은 건데!

난 훌륭한 시사만화가가 될 수 있을 거야, 찰리 브라운.

내 크레용으로 맹공격을 해주겠어!

7-16

오늘은 누굴 공격할 생각인데?

뚝

이 멍청한 크레용을 만든 사람들!

라이너스!
너 집을 떠나려는 건
아니겠지?!

정신 나갔구나!!
네가 허세부리고 있다는
걸 다들 안다고! 너만
바보로 만드는 짓이야!

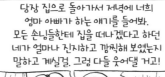

당장 집으로 돌아가서 저녁에 너희
엄마 아빠가 하는 얘기를 들어봐.
모든 손님들한테 집을 떠나겠다고 하던
네가 얼마나 진지하고 깜찍해 보였는지
말하고 계실걸. 그럼 다들 웃어댈 거고!

이래선 전혀
좋을 게 없어! 그분들이
너보다 한 수 위야!

7-17

다시 말해서,
당국에 맞서봤자
소용없다는 거지!!

바로
그거야!

자, 집으로 돌아가.
전부 다 잊어버리고.

휴우 아무도 나한테 와서
돌아오라고 설득하지 않을까 봐
엄청 걱정했는데!

전 세계의 문제를 해결할 수 있는 시사만화를 그리려고 해.

보여? 이게 엉클 샘이고. 이건 평화의 비둘기, 이건 코끼리, 이건 당나귀, 이건 '죽음의 신'이라는 인물이야.

여기 조그만 인물한테는 '납세자'라고 적어놓았고, 저 아래 뱀은 '날 밟지 말아요!'라고 말하고 있어.

이 만화가 전 세계의 문제를 해결할 수 있다고 생각 안 해, 찰리 브라운?

아니, 오히려 문제가 좀 더 늘어나게 만들걸!

7-18

※ 엉클 샘은 미합중국을 의인화한 상징적 인물이다. 코끼리는 공화당, 당나귀는 민주당을 의미한다. '날 밟지 말아요!'라고 말하는 뱀은 1853년 미합중국이 멕시코로부터 현재의 애리조나와 뉴멕시코 주가 된 땅을 구입한 당시 만들어진 깃발 그림이다.

그래, 루시…. 뭐라고 적으면 돼?

편집자 선생님께, 귀하의 신문을 위해 제가 그린 시사만화 하나를 첨부하오니 한번 읽어주세요.

왜 그 사람이 이 만화를 실어줄 거라고 생각해?

7-19

걱정 마, 실어줄 거야. 편집자들은 구독자를 잃는 걸 꺼려하거든!

우선 편집자에게 내 시사만화를 우편으로 보내고….

툭!

US MAIL

그런 다음 뛰어가서 신문을 사는 거야. 내 만화가 어떻게 실렸는지 봐야지! 와, 진짜 신난다!!

7-20

US MAIL

내가 뭐라고 잔소리를 하겠어? 신문에 만화가 어떻게 실리게 되는지 나도 전혀 아는 바가 없는데.

루시, 편집자가 네 만화를 실어줄 거라고 그렇게 확신하는 이유를 난 아직도 모르겠는데.

이봐, 훌륭한 신문 편집자라면 누구든 간에 전 세계의 문제를 해소해줄 것이 확실한 시사만화를 거절할 리가 없잖아?

7-21

게다가 그 사람도 안다고, 만약에 그걸 안 실으면 우리 집에 신문을 배달하는 애가 나한테 두들겨 맞는다는걸!

우리 시사만화가들은 엄청난 영향력을 휘두르거든!

실렸다! 만화가 실렸다고!

7-22

내 시사만화가 신문에 실렸어!

아, 이 만화가 앞으로 세상에 얼마나 큰 영향을 끼칠지!

벌써부터 네 주변 세상이 점점 나아지는 게 안 느껴져, 찰리 브라운?

음, 루시, 결국 네 만화는 세상을 개선시키지 못한 거네. 그치?

어젯밤에 해가 지고 오늘 아침 다시 떠올랐는데…. 그냥 예전과 똑같은 세상이잖아.

7-23

하늘이 더 파래졌는걸!

대단해!
하지만 말이야…

왠지 루시가
조금 달라진 것
같아….
예전의 그 루시가
아니야….

내 프로그램 볼 거야!
헤엄치러 갈 거야!

오렌지주스
마셔도
된다고 했잖아!

오렌지주스
안 마셔!
포도 주스도 안 마셔!

쳇!

뭔가 달라졌어, 찰리 브라운!
난 예전 같은 떠버리가
아니야! 왠지 더 이상 그렇게
못 하겠어! 전에는 몇 시간씩
소란을 피울 수 있었는데….
이젠 지쳐버렸어.

음량도 떨어졌고, 음색도
같지가 않아…. 달라졌어!
난 달라져버렸어! 뭔가를
잃어버렸다고!

그렇게 뛰어나던 재능이
사라진 걸 보니 왠지
슬퍼지네.

7-24

하지만 이런 일은
항상 일어나게 마련이지.
특히 창조적인 분야에선
말이야!

낮잠 자기 싫어!
밖에서 놀고 싶다고!!!

이제 해결했어,
찰리 브라운!
문제가 해결됐다고!

이제부터 성대
마이크를 쓸 거야!

SCHULZ

※ 성대 마이크 : 목에 붙여서 성대의 진동을 소리로 전환시키는 마이크 장치.

바이올렛, 찰리 브라운이 정말로 네가 말하는 것만큼 구제불능이라고 생각해?

그보다 더 나쁘지! 장점이라고 할 게 하나도 없거든!

쟤를 묘사할 나쁜 표현이 충분히 생각나지 않을 정도라니까!

나한텐 한계가 없구나!

7-25

안 돼!! 절대로 안 돼!

안 돼!

7-26

그래, 알았어! 나 참!

옥수수 통구이는 이래서 문제란 말이야!

오늘 밤 저 별에선 다들 신나게 지내고 있나 봐….

아주 제대로 즐기고 있는 모양이야.

왜 그렇게 생각하는데?

불빛을 있는 대로 환하게 밝혔잖아!

쟤 좀 막아!
막으라고!
누가 제발 쟤 좀
막아줘!

7-28

좋아, 라이너스….
거기 그대로 멈춰!

여기 데려왔어, 루시….
네 동생은 무사해.

?

난 얘가 그 책 읽는 걸 막으라는
얘기였는데, 지능이 완전히 망가지기
전에 말이야!

가게에서 쿠키를
훔친다든지 하는 생각은
한 번도 안 해봤다고!

나도
안 해봤어!

하지만 집에서라면….
그건 좀 다르지.

그래. 맞아. 집에서 엄마가 만든 쿠키를
훔쳐 먹는 건 전혀 상관없지.

저런 게 바로
도덕적 이중잣대라는 거군!

7-29

날마다
조금씩….

바로 그게
중요하지….

7-30

그저 매일 조금씩만….

귀 근육은 그렇게
키우는 거라고!

떡!

으악

떡

그래, 복싱은 잘했니?

그다지…. 내가 두들겨 맞았어.

정말? 어떻게 맞았다는 거야? 왼손이었어, 오른손이었어?

잘 모르겠어….

곰곰이 생각해봐도 딱 잘라 말하진 못하겠는걸!

기도해본 적 있어, 루시?

그건 다소 사적인 질문 아니니? 논쟁이라도 벌이고 싶은 거야?

네가 제법 똑똑한 녀석이라고 생각하나 본데, 그렇지? 네 생각엔 말이야….

8-1

네 말이 옳아…. 종교란 건 아주 민감한 문제야!

오, 영광스러운 자여! 저녁이 준비되었습니다!

8-2

지나친 빈정거림은 항상 입맛 떨어지게 만든다니까!

지나치게 선량한 것도 좋지 않다고 생각해!

알겠지, 아무도 나한테 함부로 대해선 안 돼! 절대로! 날 함부로 대할 수 있는 건 오직 나뿐이라고!

8-3

요즘 세상에 살아남는 방법은 단 하나뿐이야…. 상대가 날 함부로 대하기 전에 내가 먼저 함부로 대해주는 거!

필요할 때 의지가 되는 철학을 갖고 있다는 건 좋은 일이겠지!

여기 있어, 스누피….
저녁 식사야!

희한하네…. 보통 웨이터들이란 열광적인 손님을 좋아하게 마련인데!

가끔은 고향 생각이 나서 외로워….

하지만 그건 고향을 떠나온 이상 일어날 수밖에 없는 일이겠지….

아무래도 우리 모두에겐 우리가 태어나거나 자라난 장소로 돌아가고픈 선천적 갈망이 있는 게 아닐까!

여기서 네 고향까지 얼마나 걸리는데, 찰리 브라운?

15분!

어휴, 진짜 덥네! 평생 이렇게 더웠던 건 처음이야!

!

흠, 적어도 누구는 시원하게 지낼 줄 안다니 다행이네!

이봐, 루시. 이번 시즌 우리 팀 마지막 시합이란 말이야….

지금까지보다는 좀 더 잘해줄 수 없겠니?

이번 회에 뜬공을 다섯 개나 놓쳤다고!

네 모자가 내 모자를 건드리잖아, 찰리 브라운….

머리 좀 비켜봐, 네 모자가 닿지 않게 말이야….

8-8

감독이 자기 선수랑 얘기할 때면 선수 모자에 자기 모자가 닿지 않도록 조심해야 할 거 아니야.

정말 못 참아주겠네!

그래서 이게 마운드라는 거야, 응?

야, 여기 올라오니까 멀리까지 잘 보이네…. 한 15킬로미터는 내다보이겠어.

8/9

저녁에 이리 올라와서 주위를 둘러보면 멋지겠다. 친구들도 몇 명 데려오고….

생각 좀 해봐야겠는데!

찰리 브라운, 네가 이번 타자만 아웃시킬 수 있다면 우리 팀이 이기는 거야….

…그러니까 말이야, 커브를 던지는 게 좋겠어!

아니야, 그러면 안 돼! 드롭 볼을 던지라고!

8-10

너클볼은 어때?

슬라이더는?

슬로우 볼은 어떨까?

그냥 높게 강속구로 던져!

혹시 엎슛 던질 수 있어?

이 세상은 자문 역할을 하고 싶어 안달이 난 사람들로 가득하군!

다음 타자에겐 뭔가 좀 까다로운 공을 던지는 게 좋겠어, 찰리 브라운….

네가 '기침공'을 날리는 걸 보고 싶기 하지만, 아마도 그건 어렵겠지….

'기침공'은 금지당한 거니까 그에 대해 얘기하는 것조차 안 될 일이야!

마운드에 오래 서 있다 보면 별별 이상한 사람들을 다 만나게 된다니까!

8-11

※ 스핏볼(spitball, 투수가 공에 뭔가를 묻혀 던지는 투구. 보통 침(spit)을 묻히기 때문에 이렇게 불렸다)은 1920년대 미국 프로야구에서 금지된 기술이었다. 슐츠는 『피너츠』가 연재되는 신문 중에서 만화란에 '침'이라는 말을 싣지 않으려는 곳이 있을까 봐 우려하여 '기침공'이라는 완곡 표현을 사용했다.

너희가 뭐라든 신경 안 써! 내가 던지고 싶은 대로 던질 거라고!

바로 그 기세야, 찰리 브라운! 그냥 네가 던지고 싶은 대로 던지는 거야! 다른 사람 말은 듣지 마! 네가 던지고 싶은 공을 던지라고!

8-12

이번 시합은 망했네!

저 녀석 분명 직구는 전혀 예상 않고 있겠지….

만루니까 커브를 예상할 거야. 하지만 내가 자기 예상을 짐작한다는 것도 알 테고….

그러니까 저 녀석이 예상하리라는 걸 내가 알고 녀석도 안다는 걸 아는 공을 내가 던질 거라고 저 녀석이 예상한다면, 난….

8-13

어디까지 생각했더라?

※ 영국령 온두라스는 1981년에 독립하여 현재의 벨리즈가 되었다.

저 녀석이 공을 치고 상대 팀이 이기거나, 내가 저 녀석을 아웃시키고 우리 팀이 이기거나 둘 중 하나야….

저 녀석이 영웅이 되느냐 내가 영웅이 되느냐라고! 그거야! 저 녀석 아니면 나야!!

8-15

휴우 저 녀석이군….

홈런이야! 맙소사!

이걸로 시합 끝이네.

그래, 이걸로 시합 끝이야!

SCHULZ   8-16

그래 넌 해낼 수 없었다 이거지, 찰리 브라운? 딱 한 사람만 더 아웃시키면 되었는데 그것도 못 하다니!

그 녀석이 홈런을 치고 시합에서 이기게 만들었잖아! 뭐 이런 투수가 다 있어! 정말 형편없는 투수야!!

8-17

근데 이 마운드에 오르면 얼마나 멀리까지 내다보이는지 새삼 놀랍단 말이야….

그래, 이걸로 또 한 번의 끔직한 시즌이 막을 내렸군! 20패 무승이라!

전에 한 번 상대 팀이 몰수패를 당하지 않았어?

아니, 상대 팀이 결국엔 경기장에 나왔잖아. 기억 안 나?

8-18

아, 그래…. 기억난다. 정말 치사한 수작이었어!

SCHULZ

여기 우리 야구팀에 대해 흥미로운 통계를 내보았는데 말이야, 찰리 브라운….

내가 보기엔 뭔가 의미심장한 내용 같아….

작년에 우리 팀은 홈런 6개를 친 반면 상대에겐 홈런을 총 340개 내주었지! 그리고 안타 11개를 친 반면 상대에겐 안타를 총 4,900개 허용했어. 우리 팀은 실책 300번을 저질렀지만 상대 팀 실책은 도합 19번뿐이었고….

8/19

그놈의 통계한테 입 좀 닥치라고 전해!

SCHULZ

우리 팀 야구 시즌이 끝나서 후련해!

이젠 더 이상 '야구'란 말도 듣고 싶지 않아! '야구'라는 말을 또 들었다간 비명을 지를 것 같다고!

야구.

8-20

아아아악!

SCHULZ

이것 봐! 찰리 브라운의 꼬마 동생이야!

이젠 걸어 다니네!

걸어 다녀! 걸어 다녀! 걷는다고!

8-22

쟤 정말 너무 귀엽지 않아?

8-23

루시가 날 찾고 있어, 샐리….

하지만 내가 어느 쪽으로 갔는지 얘기하면 안 돼, 알았지?

고마워!

8-24

휴우 저 남자를 위해서라면 뭐든 하겠어!

저 위에 있는 게 하늘이란 거야, 샐리.

하늘엔 구름이랑, 별이랑, 비랑 바람이 있어. 하늘은 보통 푸른색이지.

이 아래에 있는 건 풀이야. 풀은 보통 초록색이지.

정말 멋진 남자야! 모든 걸 다 알잖아!

8-25

알겠지, 샐리, 풀은 초록색이지만 초록색에도 여러 색조가 있어….

어떤 이들은 항상 울타리 너머 풀밭이 자기네 풀밭보다 더 짙은 색이라고 생각하거든!

하 하 하

하 하 하 하 하 하

8-26

유머 감각까지 뛰어난 남자야!

지금 뭣들 하는 거야?

첫!

8-27

좋아, 무슨 일이 있었는지 말해봐. 우리가 빗속에 나와 있는 걸 엄마가 보기 전에….

음, 사실 간단한 얘기인데….

난 그냥 여기 이렇게 서서 말한 것뿐이야.

"비야, 비야, 그쳐라. 다음에 다시 오렴!"

소름 돋지 않아?

세상에!

의사한테 가봐야 할지, 아니면 여행사에 연락해야 할지 모르겠네.

내가 악마라고 생각해? 사람들이 날 돌로 쳐죽이진 않을까?

난 돌에 맞아 죽기 싫다고!!!

진정해, 진정하라니까…. 너 때문에 그렇게 된 건지 아직 확실히 모르잖아.

겨우 두 번밖에 안 일어난 일이잖아. 네가 한 번만 더 그렇게 할 수 있다면 확실해지는 거야. 이제 다시 비가 내리기 시작할 때를 기다려봐야지….

8-28

나 특허를 낼 수 있을까?

SCHULZ

있잖아, 찰리 브라운…. 네가 왜 나한테 화를 내는지 모르겠어.

난 네 동생한테 전혀 관심이 없다고! 어쨌든 난 걔보다 거의 다섯 살이 많단 말이야! 다섯 살이나!

다섯 살은 지금 보면 그리 큰 차이가 아니지. 하지만 우리가 나이를 먹게 되면….

8-29

생각 좀 해봐, 내가 아흔다섯 살일 때 걔는 겨우 아흔 살일 거 아니야!

여자애가 남자애를 좋아하는 건 지극히 자연스러운 일이라고 생각해….

아무도 그 점을 부정하진 않을 거야…. 하지만….

우리 각자에게는 창창한 앞날이 있고, 앞으로 수많은 다른 사람들을 만나게 되겠지.

8/30

결국 우린 아직 어린아이일 뿐이니까, 그리고….

맙소사!

넌 완전히 오해하고 있어, 찰리 브라운….

네 꼬마 동생이 날 졸졸 따라다녀도 나로선 어쩔 수 없다고! 나더러 어쩌라는 거야, 걔한테 저리 꺼지라고 해?

나도 걔가 내 주위를 맴도는 건 싫다고! 난 어린 여자애들을 좋아하지도 않는단 말이야!

앗 휴우 ✱

8-31

메롱!

9-1

으아앙

네 밥그릇이
안 보이네,
스누피….

!?!?

사방을 다 뒤졌는데도 도무지 안 보여….
네 저녁밥은 어디 다른 데다
담아줘야 되겠다.

9-2

세상에!

내 평생 이토록
창피한 일은 처음이야!

멍 멍
멍 멍

'짖는 개는
물지 않는다'고….

어째서 그렇다는 걸까,
찰리 브라운?

나도 몰라…. 어쩌면 그냥
속담일 뿐인지도 모르지.

9-3

아니야,
짖으면서 뭘 물면 십중팔구
혀를 깨물기 때문이라고!

비가 내리면 좋겠어, 이 문제를 끝내버릴 수 있게.

아직도 무서워, 사람들이 날 악마 같은 걸로 생각할까 봐…. 그런다면 끔찍할 거야.

그런 생각은 하지도 마.

어쩌면 널 잘 활용할 방법을 찾아낼지도 모르지….

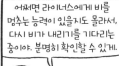

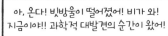

너희 둘 여기 서서 뭐하는 거야?

과학 실험 중이야, 찰리 브라운.

어쩌면 라이너스에게 비를 멈추는 능력이 있을지도 몰라서, 다시 비가 내리기를 기다리는 중이야. 분명히 확인할 수 있게.

아, 온다! 빗방울이 떨어졌어! 비가 와! 지금이야!! 과학적 대발견의 순간이 왔어!

최선을 다해봐, 라이너스! 비가 그치게 만드는 거야!

어서! 말하라니까! 비가 그치게 해봐!

음….

어서! 말해! 말하라고! 말하라니까!!

"그쳐라 비야 비야, 오렴 다시 다음에!"

야, 이 멍청아!

내 친구 스누피, 밥 먹어….

오늘은 찰리 브라운이 외출했거든. 나보고 네 밥 좀 챙겨주랬어.

9-5

!

노력은 가상하지만, 마시멜로 한 그릇이라니 끔찍한 저녁 식사로군!

?

새 고속도로 얘기 들었어?

계획대로 건설하게 된다면 스누피의 개집이 있는 자리를 관통할 거래!

9-6

나로선 전혀 놀랍지 않군….

개에 대한 인간의 수많은 잔혹행위에 또 하나의 사례가 더해질 뿐이지!

이젠 분명히 알겠어! '고속도로를 위해 길을 비켜라.' 이거지!

기술자들이 사방을 뛰어다니고, 트럭들이 이리저리 굴러다니고, 불도저가 모든 걸 갈아엎고 나면….

9-7

순식간에 사라져버리는 거야!

내 정든 옛집이!

스누피의 집을 파고들고 그 자리에 고속도로를 짓도록 놔둬선 안 돼!

어쩌면 항의 편지를 써야 할지도 몰라….

누구한테?

9-8

나도 모르지…. 샘 스니드는 어때? 난 항상 그 사람을 숭배해왔거든!

※ 샘 스니드 : 당대 미국의 유명 골프 선수.

이 세상이 미쳐버린 겁니까?!

도대체 언제부터 고속도로가 개집보다 더 중요해졌죠? 다들 정신이 나가버렸나요?

우리가 균형 감각을 잃어버린 겁니까? 개의 애정과 충성이 우리 인간에게 아무런 의미도 없어진 거냐고요?

9-9

대단한 연설이야, 찰리 브라운!

짝 짝 짝

그래, 이곳을 관통하는 고속도로가 생긴대. 넌 네 개집을 잃게 될 거고….

훌쩍!

역사상 자기 집을 잃은 게 네가 처음인 줄 알아? 너밖에 그런 경우가 없는 줄 아냐고? 응?!

지나친 자기 연민은 그만둬!

어깨동무를 하며 나눴던 그 옛날의 정겨운 공감대는 다 어디로 간 거지?

9-10

굳게 버텨야 해, 스누피!

9-15

널 밀어낼 수 없다는 걸 보여줘야지…. 자, 다시 해보자고.

불도저가 온다!

와! 9미터를 뛰어올랐네!

SCHULZ

좋아, 사람들이 고속도로를 짓기 시작했다고 가정해보자.

불도저들이 나타나고, 네가 집을 비우길 거부했다는 걸 알아차리는 거야. 그러곤 현장 감독을 불러오겠지.

현장 감독이 네게 와서 말하겠지. '무슨 수작이야?' 자, 뭐라고 대답할래?

9-16

안 돼, 기절해봤자 전혀 도움이 안 된다고!

SCHULZ

이걸로 끝이로군! 확실해!

월요일 아침이면 불도저들이 제일 먼저 와서 날 쓸어버리겠지!

SNOOPY

9-17

밤은 어둡고 난 혼자야…. 아직 입 밖에 내지 못한 말들이 많은데…. 하지 못한 일들도….

젠장!

SCHULZ

왜 날 졸졸 따라다니는 거야?

네가 곁에 있으면 좋아하기라도 할 줄 알았니?

가버려! 저리 가라고! 어째서 다들 네가 졸졸 따라 다녀주길 바랄 거라고 생각하지?!

쟤 말이 맞아…. 때로 난 끔찍하게 귀찮은 존재인 게 분명해….

스누피!

와, 만나서 정말 반갑다! 네가 곁에 있다는 것만 알아도 기분이 좋아진다니까!

9-18

메롱

SCHULZ

9-19

집행유예야, 스누피!

전국 개의 주간이야! 이번 한 주 동안엔 감히 고속도로를 짓겠다며 네 집을 무너뜨리지 못할 거라고!

네게 7일간의 유예가 생겼어!

고마워요, 매디슨 애비뉴!

※ 전국 개의 주간 행사는 주로 뉴욕 맨해튼의 매디슨 애비뉴와 매디슨 스퀘어 가든에서 개최되었다.

밥 먹어, 스누피….

'전국 개의 주간'을 축하하기 위한 곱빼기 저녁밥이야!

야호!

9-20

나쁘지 않군!

이제 다음 단계는 '전국 개의 달'을 만들기 위해 로비 활동을 펼치는 거야!

이번 주가 '전국 개의 주간'이라 이거지.

그러고 보니 '전국 고양이 주간'도 있나 몰라?

전국 고양이 주간 이라고?!

동등한 기간을 요구하고도 남을 녀석들이긴 하지!

9-21

너한테 잠깐 공놀이 할 생각 없냐고 물어볼 참이었는데, 스누피….

근데 갑자기 지금이 '전국 개의 주간'이란 게 떠올랐지 뭐야. 아마도 넌 '전국 개의 주간'엔 공을 쫓아가고 싶지 않겠지, 안 그래?

안 그러냐고?

9-22

그럴 줄 알았어!

맙소사, 벌써 금요일이잖아!

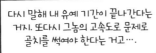

다시 말해 내 유예 기간이 끝나간다는 거지. 또다시 그놈의 고속도로 문제로 골치를 썩여야 한다는 거고….

못 참아! 못 참겠다고!

왜 난 높은 자리에 친구들이 없냔 말이야?!

9-23

하루만 더 지나면 불도저들이 와….

월요일 아침이면 내 집이 파괴되겠지. 오직 고속도로를 짓겠다는 이유로….

휴우

넌 좋은 집이었어!

9-24

고속도로든 뭐든 간에, 내 집을 빼앗아가도록 놔두진 않을 거야!

그런 포즈는 관둬. 1967년이나 되어야 공사 시작이래!

9-26

왠지 실망스러운걸…. 저 위에 선 내 모습이 꽤 근사했는데 말이야!

9-27

정말 아름다운 곡이네, 슈로더…. 제목이 뭐야?

베토벤 피아노 소나타 11번, 작품번호 22야.

나 왠지 걱정이 되네….

베토벤이 조금씩 조금씩 내 정신을 파고들어 잠식해오는 것 같은데!

"때로 그는 공공장소에서 사람들을 놀래키곤 했다…."

"인간의 쩨쩨함, 아둔함, 탐욕에 대해 그는 매번 분노하며 펄펄 날뛰었다…."

"하지만 종종 그런 경멸은 맹렬한 환희와 유머 넘치는 재담으로 돌변하기도 했다."

네가 지금 읽는 책이 베토벤에 대한 거야, 모트 살에 대한 거야?

※ 모트 살 : 1953년부터 활동한 캐나다의 스탠드업 코미디언.

베토벤
탄신일까지
앞으로 겨우
78일!

9-29

나이를 먹을수록 시간이 점점 더
빨리 가는 것 같다니까!

그런 생각 한 번이라도
해본 적 있니? 내가 한
살이었을 때 넌 태어나지도
않았었다는 거?

생각해본 것뿐만이 아니지,
기억도 하는걸…. 난 천국에서
태어나기를 기다리고 있었다고.

하지만 기다리는 것도
괜찮았어….

그곳에서 엄청 재미있게
놀곤 했는걸!

9-30

10-1

난 가을이 싫어!

10-3

네가 무슨 짓을
저지른 건지 알아야
하는데!

넌 여기서
절대 행복하지
못할 거야….

10-4

네 동생이 낙엽한테
말을 걸고 있어!

찰리 브라운이
그러는데 너 낙엽에
말을 걸었다며.

뭐에
말을 걸어?

낙엽! 네가
낙엽한테
얘길 했다고
그랬단 말이야.

그 자식 미쳤나 봐!
찰리 브라운한테
가서 이렇게 좀
전해줘….

10-5

어, 안녕!

…너 정신 나간 거
아니냐고!

그래, 인정할게…. 난 낙엽한테 말을 걸어!

하지만 내가 아니면 누가 그러겠어? 누가 낙엽들에게 요긴한 충고를 해주겠냐고?

봤지? 낙엽들이 내게 도움을 청한다니까!

10-6

자, 이제 안심해…. 겁낼 것 없어. 넌 여기서 많은 친구들을 만나게 될 거야.

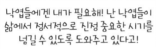

낙엽들에겐 내가 필요해! 난 낙엽들이 삶에서 정서적으로 진정 중요한 시기를 넘길 수 있도록 도와주고 있다고!

낙엽이 나무에서 떨어질 때면 완전히 혼자잖아. 마치 시골을 떠나 낯선 도시로 오는 사람과 같다고….

말하자면 난 낙엽들을 위한 신참 환영단인 셈이지!

10-7

※ 신참 환영단(welcome wagon) : 어떤 지역에 새로 온 사람들을 맞아서 지역 정보나 선물 등을 전해주는 차량(혹은 사람들)을 가리킨다.

집에나 가라니까!

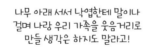

나무 아래 서서 낙엽한테 말이나 걸며 나랑 우리 가족을 웃음거리로 만들 생각은 하지도 말라고!

바싹 마르고 아무 쓸모도 없는 낙엽 뭉치에 말을 걸다니, 이보다 더 바보 같은 짓이 또 어디 있어!

10-8

이 글에 따르면 '배'를 가리키는 하와이 말은 '오푸'래.

그거 무척 흥미로운걸.

있지, 내가 살이 찐 줄 알았는데 아마도 아닌 것 같아···. 사실 난 제법 괜찮게 생겼거든.

그러니까 '오푸' 쪽은 말이야!

우울해! 너무 우울하다고!

세상에 날 정말로 좋아하는 사람은 하나도 없다고 백 퍼센트 확신한다니까!

전에도 항상 그렇지 않았니?

으흠

쌀쌀한 아침엔 보드랍고 따뜻한 강아지를 꼭 껴안는 것보다 더 기분 좋은 일도 없다니깐.

쳇!

우리 엄마는 전기담요가 되라고 날 키운 게 아니라고!

이건 내 '우울한 자세'야.

우울할 때면 어떤 자세로 서 있는지가 아주 중요하지.

절대 해선 안 될 자세는 똑바로 서서 고개를 치켜드는 거야. 그러면 갑자기 기분이 나아지기 시작하거든….

우울함을 조금이라도 즐길 수 있으려면 이런 자세로 서 있어야만 해.

치과의사 선생님이 그러는데 네가 계속 손가락을 빨아대면 이빨이 삐죽 튀어나올 거래.

의사 선생님이 그러는데, 네가 그 담요를 얼른 포기하지 않으면 정신병 환자가 되고 말 거래….

그게 다야?

그게 다야!

FBI 측에서의 항의는 없고?

쿨

쿨

쿨

됐다!
이 정도면 되겠지?

뭐가 이 정도면 됐다는 거야?

내가 공을 잡고 있을게,
찰리 브라운.
달려와서 차봐!

너 돌았니?

넌 공을 뒤로 뺄 거고 난 목이 부러질 거
아니야! 재작년, 작년, 그리고 올해에도
또 나한테 그 멍청한 장난을
칠 수 있을 줄 알았어?

하지만 바로 그거라니까,
찰리 브라운….
확률적으로 이젠 네가
정말 유리하다고!

어쩌다가 한 번은 나도
공을 빼지 않을지 모르잖아!
어쩌다가 한 번은 내가
정말로 공을 잡고 있을 수도
있잖아!

그렇게는 미처
생각 못 해봤네….

좋아…. 공 붙잡고 있어,
내가 달려가서
공을 차볼게!

10-16

으악!

콰당

미안….
이번은 때가 아니었나 봐!

1960

Page 301

지난 주 우리 동네에서 아기 둘이 새로 태어났어.

이게 다 '인구 폭발'의 일환이지.

정말?

10-17

그런 말은 처음 들어봐!

너무 속상해하지 마. 생각해보면 누구나 가끔씩은 우울해지잖아.

어쩌면 네 우울증 기간을 도표로 그려보는 게 좋을지도 몰라, 찰리 브라운….

그러니까, 이번 우울증 기간은 지금까지 얼마나 된 거니?

10-18

6년!

이렇게 생각해봐, 찰리 브라운….

지금이 네겐 '나쁜 날들'이야. 네 고난과 갈등의 시기인 거야….

하지만 네가 꿋꿋이 고개를 치켜들고 버텨낸다면 언젠간 반드시 이겨내고 말 거야!

10-19

와, 정말로 그렇게 생각해, 루시?

솔직히 말하면, 아니!

지금은 우울해할 때가 아니야, 찰리 브라운….

기뻐해야 할 시기라고….

2주 안으로 그분이 오신단 말이야!

누구?

호박 대왕!

아이고, 정말!

루시는 호박 대왕을 믿지 않아….

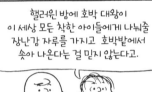

핼러윈 밤에 호박 대왕이 이 세상 모든 착한 아이들에게 나눠줄 장난감 자루를 가지고 호박밭에서 솟아 나온다는 걸 믿지 않는다고.

루시가 그걸 안 믿는대?

응….

어쩌다 저렇게 꽉 막힌 사람이 되었나 몰라!

또다시 그 '호박 대왕' 얘기만 꺼냈단 봐라, 알겠어?

내 평생 들어본 가장 멍청한 얘기야! 멍청해, 멍청해, 멍청하다고!!

누난 지금 어린 시절의 가장 소중한 믿음 하나를 훼손한 거야!

아이들은 조바심을 내며 '호박 대왕'에게 보내는 편지를 쓰고, 많은 사람들이 모여들어 호박 캐럴을 부르겠지…. 멋져!

흥겨운 기분이 넘쳐나는 계절이야!

너 정말로 그런 얘길 다 믿는 거구나, 라이너스?

진심으로 믿어, 찰리 브라운.

핼러윈 밤이면 '호박 대왕'이 커다란 장난감 자루를 가지고 호박밭에서 솟아 나온다고 믿는다니까!

아, 그 광경을 정말로 본다면 얼마나 멋질까!

그러고 나서 그분은 하늘로 날아가겠지. 착하게 지낸 모든 아이들에게 장난감을 나눠주려고 말이야.

올해에 나쁜 짓을 했다면 넌 아무 장난감도 못 받는 거야!

합리적이군.

잠깐만 실례할게, 찰리 브라운…. 이 가게에 들어가 봐야 해서.

이상하네…. 가게에 물건이 하나도 없대. 사실, 그런 물건은 들어본 적도 없다나.

뭘 못 들어봤다는 거야?

호박 카드!

거 참 실망스럽네….

오늘 저녁은 호박 카드에 쓸 내용을 궁리하며 보내려고 했는데!

10-23

전 세계 아이들이 '호박 대왕'에게 보낼 편지를 쓰고 있어.

핼러윈 밤이면 그분이 호박밭에서 걸어 나와 커다란 장난감 자루를 들고 공중을 날아오기 때문이지!

그러니까 네가 착한 소녀였다면 말이야, 샐리, 그분이 네게도 뭔가를 가져다줄 거야!

먼가 헛소리를 들은 것 같은 기분이 드는데!

넌 말이야, 그놈의 '호박 대왕'이랑 산타클로스를 헷갈리고 있다는 게 문제라고!

아니야! 그 둘은 별개의 인물이야!

좋아, 그렇다 쳐! 둘의 차이를 말해봐! 어서! 말해보라고!

산타클로스에게 그건 직업일 뿐이지! 자기가 해야 할 일이니까 장난감을 나눠주고 다니는 것뿐이야!

호박 대왕이 자기 장난감을 나눠주고 다니는 건 도덕적인 임무를 수행하는 거라고!!

먼 소린지!

좋아, 이제 호박 대왕에게 보내는 편지를 쓸 거야. 우리한테 뭘 가져다 주었으면 하는지….

근데 어디로 보내지?

'호박 대왕' 앞으로 해서 '호박밭'에 맡기면 되지…. 그곳이 아니면 어디겠어?

그러게, 어디일까?

호박 대왕님께,
주소 : 호박밭

이렇게 해서 어떻게 배달이
된다는 건지 모르겠네….

어이가 없구나, 찰리 브라운!

우체국에 대한 그런 불신은 그곳의
모든 구성원에 대한 모욕이라고!

'호박 대왕'이
정말로 있다면 왜
아무도 본 적이
없는 거야?

응? 어째서? 대답해보시지!
왜 아무도 못 본 거냐니까?
엉? 메롱! 메롱! 메롱!!

누나랑 토론 안 해.
누나의 그 태도가 너무 역겹다고….

완전 '빅 시스터' 같단 말이야!

산타클로스가
호박 대왕보다는
훨씬 더 남자답지!

무슨
소리야!

호박 대왕은 실제로
존재하지도 않잖아!

입 좀 다물지 그래?
자기가 무슨 소릴
하는지도 모르면서!

그래, 넌 너무
멍청하니까
아무거나
다 믿겠지!

종파 갈등은 항상 내 마음을
어지럽게 만든다니까.

할러윈 밤에 내가 호박 덩굴 사이를 기어 다녀야 할 거라고 누가 말해줬다면, 난 그 사람이 미쳤다고 생각했을 거야!

충분히 왔어….

생각 좀 해봐, 찰리 브라운…. 우린 '호박 대왕'이 호박밭에서 솟아 나오는 현장을 목격할 거야!

그러고 보니 이 나라에는 분명 호박밭이 천만 군데도 넘을 텐데, 대체 왜 여기일 거라고 생각하는 거야?

그냥 내 직감이지, 찰리 브라운. 여기가 딱 그분이 좋아할 종류의 호박밭이라는 확신도 있고 말이야….

그분은 넓은 호박밭을 좋아하진 않을 거야…. 너무 상업적이거든. 작고 소박한 밭을 좋아할 거라고. 더 순수한….

글쎄, 호박밭이 순수할 수 있다는 생각은 한 번도 안 해봤는데….

나타났다! 나타났어!

'호박 대왕'이야! 호박밭에서 솟아 나오고 있어.

아아아….

어떻게 된 거야? 내가 기절했어? 그분이 뭘 주고 갔어? 우리한테 장난감 좀 줬어?

장난감은 없고…. 그냥 중고품 개 한 마리.

지금쯤이면 이미 멀리 떠났겠구나…. 즐거운 여행 되세요, 호박 대왕님! 잘 다녀와요!

'중고품 개'라니! 세상에!

※ 이 스트립은 이후 찰리 브라운 대신 샐리를 그려 넣은 버전으로 선집에 수록되기도 했다.

1960

내년에 또 만나요, 호박 대왕님!

안녕, 안녕, 안녕! 여러 가지로 고마워요!

SCHULZ 10-31

❊ 휴우 ❊ 내가 뭘 하고 있는 거지?

난 '호박 대왕'을 믿는다고! 정말로 믿어!

내 온몸을 다 바쳐 '호박 대왕'을 믿는다니까!

11-1

첸!

이 세상에서 소중했던 신념의 파괴만큼 고통스러운 일도 없지!

맞아!

난 정말로 '호박 대왕'이 존재한다고 생각했어.

어쩌면 그렇게도 바보 같았을까?

너무 괴로워하지 마, 라이너스….

우리 모두 가끔씩은 나중에 후회할 짓을 저지른다고…. 모두가 그래.

11-2

그러니까, 거의 모두 말이지!

환멸에 대한 치료약은 뭘까, 찰리 브라운?

초콜릿 크림과 등을 토닥거려주는 손길이지.

찰리 브라운은 좋은 녀석이야!

11-3

'호박 대왕'에 대한 내 경험을 가지고 책을 하나 썼어.

제목은 이거야. 『돌연히 파괴된 나의 신념』.

뭔가에 대한 신뢰가 파괴되었을 때 순수했던 아이가 어떻게 변하는지에 대한 내용이지.

11-4

자…. 이 연필도 받아. 몇몇 부분엔 줄을 그으며 읽고 싶어질 테니까!

음, 이걸로 오늘 저녁 식사는 끝이군….

또 저녁 식사를 하려면 이제부터 스물네 시간이 지나야 하지.

11-5

그러고 나서 다시 스물네 시간이 지나면 또 저녁 식사를 하겠지!

균형 잡힌 삶의 안정감이란 참 좋은 거야!

으음….

지금이 '전국 고양이 주간'이란 거 알고 있었니?

으아악!

11-7

아, 몰랐나 보네….

나의 고양이 혐오는 끝도 없어!

난 고양이 혐오자야. 고양이 경멸자, 고양이 비난자라고!

11-8

게다가 그 녀석들을 죽도록 무서워하지!

"즉, 가정에서 가장 사랑받는 두 동물인 고양이와 개를 분석한 바에 따르면…."

"개는 인간을 즐겁게 해주려는 무한한 욕구를 지니고 있으므로 소위 '예스맨'과 같은 성격을 띤다."

11-9

"반면, 자의식 가득하며 도도하고 고집 센 고양이는 인간의 변덕에 좌우되지 않는다…."

세상에!

떠나는 게 좋겠어…. 구역질이 나려고 하거든!

1960

대체 뭐하고
있는 거야?!
썩 꺼져!!

고양이가
털실 뭉치를
갖고 놀면
귀엽다고
그러면서!

11-10

내가 고양이를
미워하는 건 사실은
고양이가 두려워서
인지도 몰라….

어쩌면 내 혐오와 공포와 편견이
어우러지면서 이 세상에서 가장
사랑스러운 생물을 제대로 인식할
기회를 앗아간 건지도 몰라.

충분히
그럴 법한 얘기야….

11-11

…하지만
그렇진 않겠지!

멍
멍
멍 멍
멍 멍
멍

들어봐!
스누피가 도둑이라도
본 걸까?

아니,
저건 '도둑을 보고
짖는 소리'가
아니야.

11-12

멍
멍 멍
멍 멍
멍

'그냥 짖고 싶어서 짖는 소리'
라고!

나로서는 새로운 경험이 되겠는데….

코에 권투글러브를 낀 개하고 싸워본 적은 한 번도 없거든.

흠, 오늘따라 몸이 가뿐한걸! 잽! 잽! 잽! 훅!!

내가 말할 수 있는 건 다만 저 녀석을 조심하라는 거야, 찰리 브라운…. 교활한 녀석이야.

그건 나도 알지!

좋았어, 친구, 간다! 조심하라고!

?

코브라 펀치!

퍽!

속상해하진 마, 찰리 브라운…. 난 쟤랑 두 번 싸워서 두 번 다 졌는걸.

아무래도 우린 도무지 쟤를 못 이기나 봐…. 쟤는 이제 어쩌려나 몰라?

무패 복서로 은퇴하는 거지…. 아님 뭐겠어?

겨울을 보내러 남쪽으로 날아가는 새들이 또 보이는군….

잘 가, 새들아! 즐거운 여행이 되길!

아무래도 누가 벌레들한테 이제 나와도 안전하다고 말해줘야 할 것 같은데….

베토벤 생일에 나한테 뭐 선물할 거야, 슈뢰더?

백만 달러짜리 다이아몬드 목걸이!

근사하겠네.

난 보석이 좋아!

베토벤 생일에 네가 나한테 선물할 만한 게 있어.

향수를 사주면 좋겠는데!

그거 좋은 생각이네…. 너한테 '줄넘기'라는 이름의 향수를 사주지!

어째서 음악가들은 이렇게 성격이 꼬인 걸까?

왜 내가 베토벤 생일에 네 선물을 사줘야 해? 난 널 좋아하지도 않는데!

흥, 나도 너 안 좋아한다고!!

대체 뭐가 어떻게 된 건지 모르겠네….

11/17

와, 이것 봐! 커다란 노랑나비야!

이맘때쯤에 노랑나비는 드문데, 브라질에서 날아온 게 아니라면…. 당연히 그런 거겠지!

알다시피 가끔은 그런 나비들이 있거든, 브라질에서 이리로 날아와서는 말이야….

이건 나비가 아니야, 감자 칩이잖아!

어머나 세상에! 정말이네! 어떻게 감자 칩이 브라질에서부터 여기까지 날아온 거지?

11-18

내가 항상 자랑스러워하는 사실이 하나 있지. 난 독립적 존재라는 것 말이야.

음, 어쩌면 반쯤 독립적이라고 해야 할지도!

11-19

여름 내내 이 동네 새들은 멍청한 소리로 지저귀면서 날 괴롭혀댔지….

다들 겨울을 보내러 남쪽으로 날아가고 나니 이젠 엄청 조용하군….

지나치게 조용해….

멍청한 새 녀석들이 그리워!

스니커 스낵 시리얼 회사의 여러분께,

미국 독립전쟁 병정 인형 100개를 15센트에 주신다니 감사합니다.

하지만 전 폭력에 반대하는 입장이라 별로 그런 걸 갖고 싶진 않네요.

그 대신 제게 평화 시의 민간인 인형 세트를 주시면 안 될까요?

나한테서 떨어져, 이 위선자야!

단지 내게 우산이 있기 때문에 내가 좋은 척하는 거잖아!

위선자도 비에 젖는 건 싫어한단 말이야!

베토벤 생일에 나한테 무슨 선물을 줄 거야, 찰리 브라운?

너한테는 아무것도 안 줘! 네가 지구에 남은 단 한 명의 여자라 해도 베토벤 생일에 네 선물은 안 사준다고!

베토벤에 대해 뭐가 그리 불만인데?

베토벤 생일은 12월 16일이야, 셔미….

나한테 무슨 선물 줄 건지 결정했니?

그래! 너한테는 아무 선물도 안 줘!

여자한테 선물도 안 준다니 무슨 기념일이 이래?

으으으음

저리 비켜!

고롱고롱 소리를 못 내다니, 치명적인 핸디캡이야!

이 문제는 얘기 끝났어, 찰리 브라운!

네가 열등한 사람이라는 건 말할 필요도 없는 사실이라고!

말할 필요도 없다면서 왜 굳이 그렇게 말해주는 거야?

11-28

이봐, 루시, 도대체 왜 베토벤 생일에 다른 사람에게 선물을 줘야 한다는 거야?

단순하게 하면 되잖아? 친구 몇 명 불러서 케이크 한 조각 먹으면서 9번 교향곡을 들으면 되잖아….

11-29

베토벤 생일 축하하는 그것으로 충분히 훌륭하다고!

내가 바란 건 선물뿐이었는데…. 받은 게 뭐지? 파티 여는 법에 대한 설교뿐이야!

베토벤 생일에 아무도 나한테 선물을 안 주겠대….

나 실망했어….

11-30

그게 말이야, 어느 정도 욕심을 채울 수 없다면 왠지 기념일 느낌이 안 들잖아!

난 단지 베토벤 생일이 상업화되는 걸 보고 싶지 않은 거라고!

상업화라고?

그래, 상업화!

12-1

이러다간 조만간 베토벤 운동복을 팔기 시작하겠어!

누가 베토벤 운동복 얘기했어?

넌 여자들에게 선물을 주는 게 베토벤 생일의 상업화라고 생각하니?

흥, 그날이 언제까지 상업화로부터 지켜질 수 있을 것 같아? 순진한 소리 하지 말라고!

12-2

그날이 영원히 비상업적일 수 있을 것 같아?! 세상에! 가끔은 네 순진스러움 때문에 어이가 없어진다니까!

'순진스러움'?

12-3

쿨

쿨

풀밭에 뻗은 비글 개라니, 쯧쯧.

SCHULZ
12-5

난 요령 있는 비글이란 말이지!

※ 비글은 본래 사냥개의 한 종류로 재빠르고 활동적인 것으로 유명하다.

어째서 베토벤 생일에 학교가 안 쉬는 거지?

베토벤이 그렇게 위대했다면 왜 그날 은행이랑 우체국이랑 도서관이 안 쉬는 거야? 어째서?

12-6

무슨 날이든 절대로 쉬지 않는 게 하나 있긴 하지….

먼데?

네 주둥이!

SCHULZ

글씨체가 별로 안 예쁘네, 루시…. 누나가 이것보다는 잘 쓸 거라고 기대했는데….

알았어, 이 똑똑아. 그럼 네가 직접 쓰라고!!

12-7

그래, 그러지 뭐!

SCHULZ

읽어보고 어떻게 생각하는지 말해줘, 찰리 브라운….

'산타 할아버지께, 올해는 편지를 드리기가 조금 두려워요.'

12-8

'제가 너무 많은 잘못을 저질러서 할아버지가 아무런 선물도 안 가져다주실 확률이 높아 보이거든요.'

이게 바로 겸손한 빈말이란 거지!

베토벤 탄신일까지 선물 구입 가능기간 5일

12-9

가게 폐점 시간은 9시

12-10

쿨

!

콰당!

지붕이 얼었어!

"그 무렵 로마 황제…. 황제…."

"…아우구스토가."

아, 맞다. "그 무렵 로마 황제 아우구스토가…."

"그 무렵 로마 황제 아우구스토가…."

"…온 천하에."

하나도 못 외우겠어!

내가 크리스마스 행사를 왜 싫어하는지 알아? 사람을 너무 힘들게 만들어! 신경계에 무리가 온다고!

엄살 좀 그만해!

정말 이라니까!

작년에 자기가 맡은 구절을 못 외운 그 꼬마 생각 안 나? 엄마 무릎에서 일어나지도 못했잖아! 겁먹어 가지고! 완전 겁에 질려 있었다고!

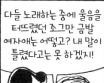

다들 노래하는 중에 울음을 터뜨렸던 초그만 금발 여자애는 어떻고? 내 말이 틀렸다고는 못 하겠지!

난 크리스마스 행사에 강력히 반대해!!

자…. 보여? 이게 뭐야?

크리스마스 행사에서 내가 맡은 구절. 내가 외워야 하는 구절이지.

좋아…. 그럼 이게 보여? 이건 뭐지?

주먹!

"그 무렵 로마 황제 아우구스토가 온 천하에 호구 조사령을 내렸다…."

펀트!

펀트가 이렇게 유쾌한 것인 줄은 미처 몰랐어!

12-12

※ 펀트 : 풋볼에서 공을 길게 차는 동작.

희한하네….

어젯밤 내 풋볼 공을 뒷마당에 놔두고 갔는데 오늘 아침에 보니 앞마당에 와 있잖아….

12/13

정말 이상해….

'미치광이 펀터'가 또다시 나타났다!

펀트!

어쨌든 누가 건드렸다고!

네 낡아빠진 풋볼 공 따윈 안 건드렸어!

12-14

누군가 내 공을 차면서 온 동네를 돌아다닌 모양인데, 누군지 알아야….

떡

'미치광이 펀터'가 또다시 나타났다고!

정말 놀라워!

내 풋볼 공이 앞마당에 있나 했더니, 다음 순간 누가 그걸 뒷마당으로 펀트했던 말이야.

하지만 누구지? 사랑이라곤 주위에 하나도 안 보이는데 말이야!

히 히 히 히 히 히

12-15

자, 9번 교향곡을 다 들었으니까 이제 케이크를 내올 거야.

우와! 생일 축하해요, 베토벤!

단순하지만 아주 의미 깊은 의식이야….

12/16

정말 그래…. 케이크는 네가 좀 잘라줘야겠어…. 눈물이 앞을 가려서 말이야!

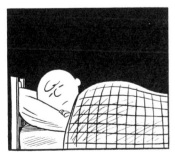

펀트!

12-17

'미치광이 펀터'가 또다시 나타났구나!

엄마가 와서 저녁 먹으래.

12-19

펀트!

??

'미치광이 펀터'가 또다시 나타났다!

그러니까 어젯밤 네 풋볼 공을 뒷마당에 놔뒀다고?

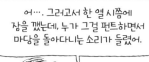

어…. 그러고서 한 열 시쯤에 잠을 깼는데, 누가 그걸 펀트하면서 마당을 돌아다니는 소리가 들렸어.

하지만 밤 열 시에 풋볼 공을 펀트하며 다닐 사람이 대체 누가 있겠어?

나도 모르겠어!

12/20

♪

12-21

펀트

내 풋볼 공 봤어, 찰리 브라운? 그냥 사라져버렸네.

네 공도?

'미치광이 펀터'가 또다시 나타난 거야!

이 미친 짓이 언제쯤 끝나는 걸까? 그놈을 도무지 못 잡는 거야?

1960

소름 끼쳐! 정말 그렇다니까!

저 어둠속 어딘가에 '미치광이 펀터'가 도사리고 있다는 생각만 해도 무섭다고….

풋볼 공을 가진 사람들은 전부 오늘 밤 잠을 못 이루겠지!

12-22

보여? 여기서 누가 풋볼 공을 찼어.

방금 쌓인 눈에 발자국이 남아 있어…. 마당 여기저기 공을 차며 돌아다녔군…. 구석구석!

그러고 나선 떠났어! 이쪽 방향으로 갔다고! 이 발자국을 따라가면 잡을 수 있을 거야….

12-23

'미치광이 펀터'를!

'미치광이 펀터' 잡았어?

어. 방금 쌓인 눈에 남은 발자국을 추적했거든….

그래서 그놈을 어떻게 했어?

놔줬어!

놔줬다고?

크리스마스이브에는 자비를 베푸는 게 당연한 일이지!

12-24

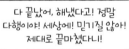

우리 아빠가 나한테 재미있는 파티용 게임을 알려주셨어….

의자 옆 방바닥에 우유병 하나를 놓고, 의자 위에 무릎을 꿇고서 병 속에 빨래집게를 넣는 거야.

어때, 재미있을 것 같지 않아?

으음….

12-26

빨래집게가 뭐야?

등굣길에 개를 만나면 반드시 걸음을 멈추고 머리를 쓰다듬어주어야 해.

토닥 토닥

그러면 하루를 즐겁게 시작할 수 있게 마련이거든….

SCHULZ 12-27

흠, 내가 사회에 적어도 어느 정도의 공헌은 하고 있군!

찰리 브라운, 네가 머지않아 반드시 깨달아야 할 한 가지 사실이 있어….

뿌린 대로 거두는 법이야! 인간은 살아가면서 자신이 노력한 것만큼 얻는 거라고! 그 이상도 이하도 아니야!

오차를 고려해 약간의 여분이 추가된다면 좋겠는데!

12-28

SCHULZ

나 집에 돌아가 봐야겠어…. 고무장화를 깜박했거든.

사실은 고무장화뿐만 아니라 장갑이랑 모자도 깜박했어….

네 멍청함은 가끔 할 말을 잃게 만든다니까!

거기에 나름 독특한 개성이 있긴 하지!

더 이상은 눈송이를 못 받아먹겠어…. 배가 빵빵해!

너 도대체 뭐하는 거야?

나머지는 포장해서 개한테 가져다주려고!

난 겨울이 좋아!

특히 아름다운 눈송이를 좋아하지….

하늘에서 부드럽게 떨어져 내려와 숲과 언덕을 뒤덮는 눈송이들….

하지만, 여름도 역시 여러 가지로 장점이 있긴 해!

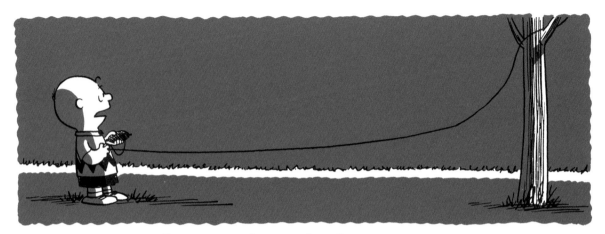

찰스 M. 슐츠의 삶 1922~2000

찰스 M. 슐츠는 1922년 11월 25일에 미니애폴리스에서 태어났다. 그의 운명은 출생 후 2일째에 삼촌이 그에게 '스파키'라는 별명을 지어주었을 때 이미 결정되었다(신문 연재만화 『바니 구글』에 나오는 경주마 '스파키 플러그'에서 따온 별명이었다).

슐츠는 세인트폴에서 자라났다. 어느 면에서 보나 특출날 것 없는, 그러나 편안한 유년기였다. 외동아이였던 그는 부모 모두와 가까운 사이였으며, 일요판 신문을 매주 네 가지나 사 보았던(오직 연재만화를 보기 위해서였다) 아버지를 통해 미래의 진로에 대한 꿈을 키워갔다.

학업 성적이 좋았던 슐츠는 일찌감치 두 학년을 월반했지만, 고등학교에 들어가서는 부진에 빠졌다. 어쩌면 바로 그 시기쯤에 아이들이 가장 잔혹하고도 지위 의식적인 사회화 단계를 거치기 마련이라는 사실과 관련이 있었을 것이다. 이 시기 슐츠의 삶에서 비롯된 고뇌, 회한, 불안, 좌절감은 『피너츠』에 연대기처럼 고스란히 기록되어 있다.

슐츠는 스포츠를 좋아했지만, 혼자서 할 수 있는 취미활동에서 위안을 찾기도 했다. 독서, 그림 그리기, 영화 관람 등. 만화잡지와 '빅 리틀 북 시리즈(1920년대부터 발간되었으며 텍스트와 삽화를 교대로 넣은 염가 문고판 대중소설 시리즈. 『딕 트레이시』『론 레인저』 등을 출간했다-옮긴이)를 사 보았고, 신문 연재만화를 탐독했으며, 그중 특히 마음에 드는 것들을 베껴 그렸다. 『벅 로저스』, 월트 디즈니의 캐릭터들, 『뽀빠이』와 『팀 타일러의 행운』 등. 그는 곧 이 분야의 전문가가 되었다. 밀턴 캐니프, 로이 크레인, 할 포스트, 알렉스 레이먼드와 같은 만화가들이 그의 영웅이었다.

고등학교 졸업반 무렵, 슐츠의 어머니는 지역 신문에서 국립 통신학교의

강좌 광고를 보았다(현재 이곳은 미술교육학교Art Instruction Schools가 되었다). 슐츠는 자격시험을 통과했고 강좌 과정을 수료한 뒤, 얼마 동안 자신이 그린 개그 만화를 잡지에 팔려고 했으나 성공하진 못했다(최초로 지면에 실린 슐츠의 그림은 그가 키우던 개 스파이크를 스케치한 것으로, 1937년 〈리플리의 믿거나 말거나〉[특이한 소재를 발굴하여 소개하는 프랜차이즈로 20세기 초에 시작되어 단행본, 잡지, 방송 등 다양한 매체를 통해 사업을 벌이고 있다-옮긴이]의 간행물에 수록되었다).

제2차 세계대전이 끝나자 슐츠는 군에서 퇴역했고, 당시의 여러 잡지에 개그 만화를 투고하기 시작했다. 하지만 그의 경력은 만화가로서가 아니라 잡지 『불멸의 주제들』의 편집자에게 고용되어 모험 만화의 식자 작업을 하는 것으로 시작되었다. 얼마 지나지 않아 그는 모교인 미술교육학교에 고용되었고, 우편을 통해 수강생들의 과제를 검사하는 일을 하게 되었다.

1947년에서 1950년 사이 그는 잡지 『새터데이 이브닝 포스트』에 만화 17점을 판매했다. 또한 지역 신문인 『세인트폴 파이어니어 프레스』에 『꼬마 친구들』을 연재했다. 이 만화는 신문의 여성란에 실렸으며, 원고료는 주당 10달러였다. 2년간 이 만화를 쓰고 그린 후 슐츠는 만화를 더 나은 위치에 실어주거나 일간 연재로 바꿔달라고, 또 원고료도 인상해달라고 신문사 측에 요청했다. 세 가지 모두 거절당하자 그는 연재를 중단하기로 결정했다.

슐츠는 신문사에 만화를 배급하는 통신사에 자신의 작품들을 보내기 시작했다. 1950년 봄에 그는 유나이티드 피처스 신디케이트로부터 편지를 받았다. 그가 보낸 만화 『꼬마 친구들』에 관심이 있다는 내용이었다. 6월에 슐츠는 기차로 뉴욕 시에 입성했다. 1컷 만화보다 코믹 스트립에 관심이 많았던 그는 새로운 만화의 1회 연재분을 그려서 가져갔고, 계약에 성공했다. 이 만

화가 바로 『피너츠』다(통신사 측에서 지어준 이 제목을 슐츠는 죽는 날까지 혐오했다). 『피너츠』의 첫 일간 연재분은 1950년 10월 2일에, 첫 일요판 연재분은 1952년 1월 6일에 지면 발표되었다.

『피너츠』 이전에 신문 만화란은 개그 만화, 사회와 정치에 대한 논평, 홈 코미디, 멜로드라마, 다양한 모험 만화들로 채워져 왔다. 슐츠가 『피너츠』를 쓰고 그려온 50년 동안 이 만화는 부단히 변화했지만(혹은 진화했지만), 처음에 그랬듯이 지금까지도 신문 만화란의 이단아로 남아 있다―만화가 자신의 내적 위기에 대한 코믹 스트립이라는 점에서. 1973년에 고통스러운 이혼 과정을 거치고 여전히 그 후유증에 시달리고 있던 무렵, 슐츠는 기자에게 이렇게 말했다. "이상한 일이지만, 지난 반년간 저는 전보다 나은 만화들을 그렸습니다. 적어도 전보다 더 못한 점은 전혀 없었지요. 인간의 정신이란 어떻게 작동하는 건지 도무지 모르겠습니다." 『피너츠』가 지금처럼 전 세계 독자들을 감동시키기에 이른 것은, 분명 슐츠가 궁극적으로 어쩔 수 없는 인간적 문제들에 직면하여 드러낸 이 같은 겸허함 때문이리라.

슐츠는 암 진단을 받고 1999년 연말에 『피너츠』 연재를 중단한다. 그는 2000년 2월 12일에 사망했다. 밸런타인데이 이틀 전이자 그의 마지막 연재분이 지면에 실리기 전날이었다. 17,897회의 일간 및 일요판 연재분을, 하나하나 자기 혼자만의 손으로 쓰고 그려내고 식자한 그의 삶은 만화 역사에서 유례가 없는 성취로 남아 있다.

- 게리 그로스

피너츠 완전판 1959~1960 (원제 : The Complete PEANUTS 1959 to 1960)

1판 1쇄 2016년 12월 20일
   5쇄 2022년 2월 14일

지 은 이 찰스 M. 슐츠
옮 긴 이 신소희

발 행 인 주정관
발 행 처 북스토리(주)
주   소 서울특별시 마포구 양화로 7길 6-16 서교제일빌딩 201호
대표전화 02-332-5281
팩시밀리 02-332-5283
출판등록 1999년 8월 18일 (제22-1610호)
홈페이지 www.ebookstory.co.kr
이 메 일 bookstory@naver.com

ISBN 979-11-5564-133-0 07840
     979-11-5564-114-9 (세트)

※잘못된 책은 바꾸어드립니다.

이 도서의 국립중앙도서관 출판시도서목록(CIP)은 서지정보유통지원시스템 홈페이지(http://www.seoji.nl.go.kr)와
국가자료공동목록시스템(http://www.nl.go.kr/kolisnet)에서 이용하실 수 있습니다.
(CIP제어번호 : CIP2016023816)